Matéo Maximoff

Die Ursitory

Zu diesem Buch

Arniko wird mitten im Winter in einem Zelt am Waldrand irgendwo in Südrumänien geboren. Zwar geben ihm die Ursitory, die drei Schicksalsengel, nur wenige Stunden zu leben. Aber Arnikos Großmutter, eine weise Frau mit Zauberkräften, versteht es, den scheinbar endgültigen Beschluß der Ursitory abzuwenden. Es sind die Frauen, die fortan sein Schicksal hüten – zuerst die Großmutter, dann seine Mutter, schließlich seine Frau Orka. Arniko gilt als unverwundbar. Erst als er seine Familie und seinen Stamm verlassen will, wird ihm der Schicksalsspruch zum Verhängnis.

Matéo Maximoff verwebt Erlebtes und Gehörtes, Legenden und Märchen und schöpft dabei aus der reichen Erzähltradition der Roma.

Der Autor

Matéo Maximoff, 1917 in Barcelona geboren, kam mit drei Jahren mit seinen Eltern nach Frankreich. Er wuchs vielsprachig auf und lernte als Einziger seiner Familie Lesen und Schreiben. Im Zweiten Weltkrieg war er während einiger Jahre unter anderem in Gurs interniert. Nach dem Krieg ließ er sich in Romainville bei Paris nieder, wo er bis zu seinem Tod 1999 zunächst als Kupferschmied, dann als Schriftsteller, Übersetzer, Fotograf, Filmer und evangelischer Prediger tätig war. 1985 wurde er für sein Lebenswerk mit der Auszeichnung »Chevalier des Arts et des Lettres« geehrt; er gilt als der erste Schriftsteller der Roma.

Matéo Maximoff

Die Ursitory

Aus dem Französischen von Walter Fabian

Unionsverlag
Zürich

Die französische Erstausgabe erschien 1946
unter dem Titel *Les Ursitory*
bei Flammarion, Paris.
Die deutsche Erstausgabe erschien 1957
im Manesse Verlag, Zürich

Auf Internet
Aktuelle Informationen
Dokumente, Materialien
www.unionsverlag.ch

Unionsverlag Taschenbuch 208

Rieterstrasse 18, CH-8027 Zürich
Tel. 0041-1-281 14 00, Fax 0041-1-281 40 00
mail@unionsverlag.ch

Umschlaggestaltung: Heinz Unternährer, Zürich
Umschlagbild: Otto Daettwyler
Druck und Bindung: Clausen & Bosse, Leck
ISBN 3-293-20208-X

Die äußeren Zahlen geben die aktuelle Auflage
und deren Erscheinungsjahr an:
1 2 3 4 5 - 04 03 02 01

Erster Teil Tereina

1 *Ein Festtag*

Die Geschichte, die hier folgt, ist die außergewöhnlichste von allen, welche die Roms erlebt haben.

Unser Volk hat viel Diebstähle, Kindsentführungen, Gewalttaten, Morde, Verbrechen aller Art gesehen; und doch übertrifft diese Erzählung an Schrecken alles, was man sich vorstellen kann.

Es war am Vorabend des Weihnachtsfestes, am Rande des Waldes.

Nach altem Brauch hatten sich die Roms in dieser einsamen Gegend getroffen, um das Fest zu feiern.

Sie hatten Schweine, Geflügel, Mehl und alles Übrige mitgebracht, um bis zum Anbruch des neuen Jahres in Freuden leben zu können, und vor allem Weine und andere alkoholische Getränke. Mehr als fünfzig Wagen kampierten am Abend an der Waldgrenze.

Verschiedene Zigeunerstämme hatten sich dort vereinigt; zum Teil lebten sie in erbitterter Feindschaft, aber in dieser festlichen Woche galt es, alle Rachsucht und jeglichen Groll zu vergessen.

Freilich, insgeheim wächst die Feindschaft trotzdem in ihren wilden Herzen, und wenn die Festtage vorbei sind, erwacht sie um so schlimmer.

In dieser Nacht, die man die Nacht Junos nennt – weil man sie, ohne zu wissen warum, der Gemahlin Jupiters geweiht hat –, versammelten sich die Roms in der größten Chera, um über den Verlauf der Festlichkeiten Beschluss zu fassen.

Nachdem sie sich geeinigt hatten, zogen sie in feierlichem Zuge von einer Chera zur anderen, bis sie alle besucht hatten; und überall kredenzten ihnen die Romnia Branntwein, während die Borayas sangen und tanzten.

Aber da es fünfzig Zelte sind, und da man überall einen so starken Likör trinken muss, sind nicht alle Männer fähig, den Zug bis zum Ende mitzumachen. Viele machen völlig erschöpft halt, trunken und übermüdet.

Während dieser Zeit versuchten die Kinder, knapp bedeckt mit ein paar zerrissenen Kleidungsstücken und trotz der bitteren Kälte und dem gefrorenen Boden mit nackten Füßen, sich davonzuschleichen, so gut sie konnten, und ein paar Flaschen Alkohol zu ergattern.

Am anderen Morgen, als die Sonne schon hoch am Himmel stand, hielten sich nur noch etwa zwanzig Männer auf den Beinen und tranken Branntwein bis zur letzten Chera.

Die letzte Chera? Nein, das stimmte nicht, und die Roms wussten es wohl. Es gab noch ein Zelt, zu dem niemand gegangen war und niemand gehen würde.

Diese Chera stand dem Walde am nächsten. Kein Mann bewohnte sie, sondern nur zwei Frauen, eine alte und eine junge.

Die junge lag leidend in ihrem Federbett.

Ja, niemand, nicht einmal eine Boraya oder ein Savoro, war gekommen, um der alten Dunicha ein gutes Fest zu wünschen und sich nach dem Ergehen von Tereina zu erkundigen.

Tereina war schön und noch nicht einmal zwanzig Jahre alt. Sie hatte glücklich gelebt, bis sechs Monate nach ihrer Hochzeit Frinkelo, ihr Mann, eines jähen Todes gestorben war.

Frinkelos Eltern, die Minesti, hatten Tereina sofort davongejagt; sie behaupteten, ihr Sohn sei durch die Schuld der alten Dunicha gestorben. Wie alle Roms, wussten sie, dass Dunicha eine Drabarni war, und wer nur ein wenig Verstand besaß, durfte niemals die Tochter der Drabarni heiraten.

Die Minesti hatten den glühenden Wunsch, sich zu rächen;

wenn sie Tereina trotzdem nicht getötet hatten, so nur aus Angst vor der Mutter.

Deshalb hatte an diesem festlichen Tage niemand die Absicht und – man muss es schon aussprechen – den Mut, bis zur Chera der beiden Geächteten zu gehen.

Tereina war im Begriff, Mutter zu werden. Draußen, außerhalb des Zeltes, nahm das Fest in der Kälte des Weihnachtstages seinen Fortgang.

Die Minesti tranken, sangen und tanzten mit den anderen. Sie hatten vergessen, dass kaum drei Monate vergangen waren seit Frinkelos Tode. Aber Tereina hat nicht vergessen. Bis zu ihrer letzten Stunde wird sie an ihn denken.

Der Lärm der Lieder und der Tänze dringt bis zu ihr. Unter der Wirkung des Branntweins verwandelt sich der Gesang in rohes Geschrei. Es kommt zu Handgreiflichkeiten, und es gibt Verwundete unter den Roms.

Erst am Abend senkt sich das große Schweigen des Schnees über den Platz. Dicht bei den vereisten Bäumen stößt ein Neugeborenes seinen ersten Schrei aus.

2 Die Ursitory

Tereina fragte ihre Mutter: »Ist es ein Knabe?«

»Ja, Töchterchen, und ein schönes Kind!«

»Dale, ich wünsche von ganzem Herzen, dass er am Leben bleibe und groß werde!«

»Er wird leben und wird groß werden«, sagte Dunicha.

Tereina begann zu weinen: »Wenn ihm nur kein Unglück zustößt wie seinem Vater!«

»Sprich keinen Unsinn. Frinkelo ruhe in Frieden! Er war krank, bevor ihr geheiratet habt.«

»Ich weiß es, Mutter. Aber die anderen glauben es nicht.«

»Morgen, wenn du dich etwas erholt hast, Tereina, werde ich mit dir zu sprechen haben.«

Tereina beugte sich über ihr Kind. »Wie schön es ist!«, sagte sie.

Dunicha lächelte. Wie konnte man ein Kind schön finden, das kaum einen Tag alt war!

Die Drabarni behielt recht. Am anderen Morgen fühlte sich Tereina viel kräftiger. Sie wollte sogar aufstehen und sich mit ihrem Kind beschäftigen. Da betrat zum erstenmal seit den Festtagen eine Frau, Malilini, die Schwägerin von Frinkelo, die Chera der Dunicha.

Tereina empfing sie mit wilden Blicken: »Was willst du?«

»Ich bin gekommen, um euch ein gutes Fest zu wünschen.«

»Dazu ist es recht spät!«

»Nein, Tereina, es ist noch nicht zu spät. Du hast recht, Weihnachten ist schon vorüber. Aber es kommt ja noch der Neujahrstag.«

»Nun gut«, sagte Tereina, »ich erkenne an, dass du immer am freundlichsten zu mir gewesen bist «

Malilini wurde rot vor Freude und fragte: »Kann ich wohl das Kind sehen?«

Mit einem Blick fragte Tereina ihre Mutter, die schweigend eine Pfeife rauchte. Dunicha gab zu verstehen, dass sie es tun dürfte, und Malilini trat näher: »Oh, wie schön es ist! Schöner als das Kind von Fero«, rief sie aus.

»Wie, Saviya und Fero haben auch einen Knaben?«, fragte Tereina überrascht.

»Ja, seit acht Tagen, und ihr wusstet das nicht?«

»Nein, wir hatten wirklich keine Ahnung.«

»Und wir haben ihm den Namen Prasniko gegeben.«

Tereina lächelte: »Was für eine Idee, einem Kind einen solchen Namen zu geben! (Bei den Zigeunern bedeutet Prasniko Fest.) Warum hat sein Vater ihn so genannt?«

»Weil er einige Tage vor dem Fest zur Welt gekommen ist. Und wie heißt dein Kind?«

»Mein Sohn?«, sagte Tereina.

»Wir haben ihm noch keinen Namen gegeben.«

Es war Dunicha, die das sagte und damit zum ersten Mal ein Wort sprach, seit Malilini gekommen war.

»Und wann werdet ihr ihn taufen?«

»In zwei Tagen«, antwortete Dunicha.

»Habt ihr schon einen Paten und eine Patin gefunden?«, fragte Malilini weiter.

»Nein, wir haben noch gar nicht darüber nachgedacht.«

»Wenn ihr wollt, will ich die Patin sein.«

»Wir nehmen mit Dank an«, erwiderte Dunicha trocken.

Mehr wagte Malilini nicht zu sagen: »Entschuldigt mich jetzt, ich muss gehen.«

Und Malilini verließ die Chera, ohne dass ihr jemand die Hand gegeben hätte.

»Mutter«, fragte Tereina, »warum hast du gesagt, dass wir den Kleinen in zwei Tagen taufen werden?«

»Weil ich einen bestimmten Plan habe.«

Dunicha tat in aller Ruhe einen Zug aus ihrer Pfeife, blickte Tereina ins Gesicht und fragte sie brüsk: »Wovor hast du Angst, Töchterchen?«

»Vor nichts, Dale.«

Aber Dunicha, die Zauberin, die gewohnt war, die Gedanken aller Menschen zu kennen, wusste wohl, dass Tereina Angst hatte und was sie fürchtete.

»Hör mir zu, Tereina, du hast Angst, Angst für deinen Sohn.«

»Ja, ich habe Angst um ihn«, schluchzte Tereina, »ich fürchte, dass er an demselben Leiden sterben könnte wie Frinkelo, und das ist ein schweres Leiden, denn selbst du konntest es nicht heilen.«

»Ach, da täuschest du dich sehr, meine Tochter. Frinkelo ist nicht an einer unheilbaren Krankheit gestorben, wie manche Leute meinen.«

Tereina öffnete ihre Augen weit und fragte: »Aber du hast es mir doch selbst gesagt?«

»Ich habe das Recht, dich zu belügen.«

»Auch wenn es mir Kummer bringt?«

Dunicha nahm langsam ihre Pfeife aus dem Mund und richtete von neuem ihren Blick auf Tereina: »Hast du die Kraft, die ganze Wahrheit zu hören?«

»Ja, Dale. Ich will alles wissen. Ich würde vor Kummer oder vor Angst sterben, wenn ich jetzt nicht die volle Wahrheit erführe; immer würde ich meinen Sohn in Gefahr wähnen, wo er auch sei.«

Dunicha nahm wieder das Wort: »Ich weiß, dass du Mut hast. So hör mir zu und folge mir gut. Hast du schon von den Ursitory sprechen hören?«

»Ja, aber warum?«

»Ich will es dir sofort erklären. Doch zuerst sag mir, was du über die Ursitory gehört hast.«

»Ach, nichts Besonderes. Man hat mir gesagt, es sei eine Legende, an die man nicht glauben müsse: Es seien drei Engel, die in der dritten Nacht nach der Geburt eines Kindes zu ihm hinabsteigen, um über sein Schicksal zu beraten und zu entscheiden. Aber niemand hat sie jemals sehen können ...«

Dunicha unterbrach sie: »Mein Kind, die Ursitory sind kein Märchen.«

Tereina traute ihren Ohren nicht. Versuchte ihre Mutter, die sie oft belogen hatte, ihr wieder etwas Unwahres einzureden?

»Du täuschst dich«, fuhr Dunicha fort. »Aber um zu hören, wie die Ursitory das Geschick eines Kindes bestimmen, muss man zu dritt sein: das Kind, seine Mutter und ich.«

»Der Kleine, ich und ... du«, murmelte Tereina unwillkürlich.

»So ist es. Es hängt also nur von dir ab, ob du wirklich die Zukunft deines Sohnes kennen willst.«

»Seine Zukunft kennen, das ist ja alles, was ich vom Himmel erbitte. Wissen, ob er leben wird und ob auch ich glücklich in seiner Nähe leben kann!«

Dunicha beobachtete weiter ihre Tochter. Sie hatte wieder begonnen, ihre lange Pfeife zu rauchen und nahm sie nur von Zeit zu Zeit aus dem Mund, um ins Feuer zu spucken wie ein alter Mann.

»Es gibt noch andere Dinge, die du nicht weißt, Tereina, und die ich dir mitteilen muss.«

»Ich kann alles ertragen, was es auch sei.«

»Dann hör mir zu. Ich war dabei, als die Ursitory Frinkelo besuchten.«

Tereina wurde bleich und begann zu zittern. Wie, ihre Mutter hatte die Zukunft ihres Mannes gekannt!

»Und seine Mutter war auch zugegen«, fuhr Dunicha fort.

»Aber sie ist vor langer Zeit gestorben, und sie hat niemandem das Geheimnis von Frinkelos Leben und Sterben verraten, weil sie nicht an die Ursitory glaubte.«

»Und was haben die Ursitory über Frinkelo gesagt? Ich muss es wissen, denn ich bin seine Frau … und er ist jetzt tot.«

»Nein, ich kann es dir nicht sagen, denn du würdest es mir nie verzeihen!«

»Dale, ich verzeihe dir im Voraus, was du auch getan haben magst.«

Da Dunicha ihre Geschichte einmal begonnen hatte, fühlte sie, dass sie jetzt nicht mehr das Recht hätte, das Weitere zu verschweigen: »Tereina, die Ursitory hatten beschlossen, dass Frinkelo genau sechs Monate nach seiner Hochzeit sterben müsse.«

Tereina seufzte tief und sprach etwas Entsetzliches aus: »Ach Mutter, du hast Frinkelo getötet, und du hast mich diesem Manne gegeben, obwohl du wusstest, dass du damit sein Unglück herbeiführtest und das meinige …«

»Sein Unglück, ja – das deinige nicht.«

Die letzten Worte Dunichas konnte Tereina nicht verstehen. Wie konnte die Mutter sagen, dass sie ihr nicht Unglück gebracht hätte, da sie, Tereina, doch nun Witwe war und ihr Sohn ein Waisenkind?

Dunicha versuchte, sie zu beruhigen: »Auch für dich habe ich in der dritten Nacht die Ursitory gehört.«

Tereina war in höchster Erregung. War es wirklich möglich, dass solche Dinge geschahen? Oder wollte ihre Mutter sie täuschen? Aber warum? Es war besser, alles zu wissen.

»Also, was haben die Ursitory für mich beschlossen?«

»Ich will es dir sagen, denn du bist gerettet.«

»Wieso gerettet?«

»Ja, du bist gerettet. Der erste Ursitory sagte, du würdest bis zu deinem zwanzigsten Jahr leben; der zweite sagte bis zum vierzigsten Jahr, und der dritte, der ihr Führer ist, sagte, du würdest bis zu deinem vierzigsten Jahr leben, aber unter einer Bedingung.«

»Unter welcher?«

»Dass du vor deinem zwanzigsten Jahr verheiratet seiest und vor deinem einundzwanzigsten einen Sohn geboren habest.«

»Ich kann also noch zwanzig Jahre leben? Aber was wird aus meinem Kleinen?«

»Im Augenblick weiß ich es noch nicht. Aber bald werden wir es wissen.«

»Und wenn ich früher stürbe als in zwanzig Jahren?«, fragte Tereina.

»Du würdest nicht sterben, selbst wenn der Blitz dich träfe!«

Tereina dachte einen Augenblick nach, dann fragte sie unvermittelt ihre Mutter: »Wann ist die dritte Nacht des Kindes?«

»Morgen.«

»So werden wir morgen die Ursitory hören.«

»Hast du es dir auch gut überlegt, Tereina?«

»Ja, Dale.«

»Aber ich muss dir noch etwas Letztes sagen.«

»Ich bin bereit, ich höre.«

»Wenn die Ursitory beschließen, dass dein Sohn nur sehr kurze Zeit leben soll, was wirst du dann tun?«

»Wenn die Ursitory beschlössen, dass mein Kleiner noch am gleichen Tage sterben müßte, so würde ich ihn pflegen, als ob er ewig leben dürfte.«

3 *Die dritte Nacht*

Im Laufe des Tages, der der dritten Nacht seit Tereinas Niederkunft voranging, wurde es kälter, und es begann von neuem zu schneien.

Dunicha hatte im Walde reichlich Holz gesammelt und ein großes Feuer entfacht. So war es angenehm warm im Zelt.

Als die Nacht näher kam, gingen Tereina tausend erregte Gedanken durch den Kopf. Die Stunden erschienen ihr endlos. Jede Minute wurde ihr zur Ewigkeit.

Der Schnee fiel weiter in dichten Flocken, aber den Wind hörte man nicht mehr. Es war eine sehr stille Nacht.

Es wurde zehn Uhr, dann elf Uhr. Der mit Angst und Hoffnung erwartete Augenblick kam näher.

Mit gleichgültiger Stimme sagte Dunicha: »Leg dich zu Bett, Tereina.«

»Aber wir müssen doch warten …«

»Du kannst ebenso gut in deinem Bett warten. Übrigens werde ich mich in fünf Minuten auch niederlegen.«

Tereina verstand nichts von den Geheimnissen der Zauberei. Aber sie ahnte, dass ihre Mutter einige Augenblicke allein sein wollte, und so legte sie sich zu ihrem Sohn, ohne weitere Erklärungen zu verlangen.

Dunicha war dicht beim Feuer geblieben und murmelte ein Gebet; mit leiser Stimme sprach sie Worte, die Tereina hörte, deren Bedeutung sie aber nicht erfassen konnte. Dunicha redete in einer unbekannten Sprache.

Als Dunicha ihr sonderbares Gebet beendet hatte, ließ sie ihre Pfeife ausgehen, belebte das Feuer, indem sie einige

Zweige in die Glut warf, und legte sich ihrerseits neben Tereina und dem Kinde zu Bett.

Für Tereina wollten die Minuten kein Ende nehmen.

Trotzdem war sie sehr schläfrig, denn sie war noch erschöpft von den Anstrengungen der Geburt. Sie hätte schlafen mögen. Aber sie weiß, dass sie mit aller Kraft gegen den Schlaf ankämpfen muss, denn in wenigen Augenblicken wird sie die Zukunft ihres Sohnes kennen. Sie hat Angst. Die Ursitory werden kommen. Was wird sie tun, wenn sie beschließen, dass er sterben muss? Sich selbst töten? Ach, sie könnte es nicht. Denn bei ihrer Geburt haben ihr die Ursitory vierzig Lebensjahre zugesprochen – vorausgesetzt, dass sie mit zwanzig Jahren verheiratet und mit einundzwanzig Mutter wäre. Dunicha hatte sie gelehrt, dass niemand in der Welt das Schicksal wenden könnte, das die Ursitory ihm bestimmt haben. Nein, selbst wenn sie es wollte, könnte sie sich nicht töten …

Tereina hätte noch lange über die Zukunft nachgedacht, wäre sie nicht durch Schreie des Kindes, das aus seinem Schlummer erwachte, ihren Träumereien entrissen worden. Sie streichelte es sanft, um es wieder einzuschläfern, aber Dunicha hielt ihren Arm fest und sagte: »Lass es weinen, das wird ihm gut tun.«

Tereina hörte auf, und das Kind weinte nicht mehr. Von einem Augenblick zum andern verwandelte sich sein Gesichtsausdruck. Es schien irgendeinem Unsichtbaren entgegenzulächeln. Tereina war betroffen. Dunicha aber hatte verstanden: Das Neugeborene begann die Ursitory zu sehen. Weder sie noch ihre Tochter konnten sie erkennen, aber wenn sie erst sprechen würden, kämen ihre Stimmen bis zu ihnen. – Mit dem Finger auf den Lippen gab Dunicha ihrer Tochter das Zeichen, zu schweigen. Das leiseste Wort würde die Engel vertreiben, und niemals würde jemand die Zukunft des Kindes erfahren.

Ein langes Schweigen trat ein. Dann erklang, aus weiter

Ferne, eine erste Stimme. Obwohl Tereina keine Zauberin war, vernahm sie die Stimme ebenso gut wie Dunicha.

»Wie schön ist dieses Kind!«, sagte die Stimme.

Eine zweite Stimme, aus gleicher Ferne, antwortete: »Er wird ein starker Mann sein, wenn er groß sein wird.«

»Aber er wird nicht leben«, erklang wieder die erste Stimme.

Tereina erzitterte und drückte ihren Sohn stärker an sich. Doch die Stimme, die versichert hatte, dass er stark sein würde, versprach von neuem: »Er wird bis zu seinem achtzigsten Jahr leben. Er wird stark und klug sein.«

Tereinas Ohren erschien diese Stimme zart und harmonisch. Es ist süß, sie zu hören; denn sie ist voller Lächeln. Es ist die Stimme des Glücks. Die andere ist zerrissen von Klagen und Schluchzen. Sie ist die Verkündung des Unglücks und der Leiden.

»Ich sage, dass dieses Kind nicht leben darf.«

»Wenn du fortfährst, diesem Kind das Leben abzusprechen, werde ich ihm zehn Lebensjahre hinzufügen. Es wird neunzig Jahre alt werden.«

»Da wir uns nicht einigen können«, erwiderte die Stimme des Unglücks, »wollen wir uns an unseren Meister wenden, an Ursitory den Mächtigen.«

»Ja, wenden wir uns an Ursitory den Mächtigen.«

Und die beiden Stimmen stellten gemeinsam die gleiche Frage: »Meister, wie lautet deine Entscheidung?«

Nun sprach eine dritte Stimme.

Das Urteil, das sie verkünden würde, wird unwiderruflich sein. Dunicha kennt diese Stimme gut. Sie nennt sie die Stimme der Vernunft.

Ernster und kraftvoller als die anderen spricht die Stimme: »Habt ihr etwas Ungewöhnliches bemerkt, als wir hier eintraten?«

»Was denn, Meister?«, fragten, immer gemeinsam, die beiden ersten Stimmen.

»Ich werde es euch lehren. Betrachtet dieses Feuer!«

Dunicha und Tereina richteten ihre Blicke auf das Feuer, als ob diese Worte ihnen gegolten hätten.

»Betrachtet es genau«, fuhr die Stimme fort. »Heute morgen hat eine Frau die Zweige gebrochen, die in diesem Kamin flammen. Es ist jetzt zwanzig Jahre her, seit ein Mann in diesem Walde getötet und begraben wurde. Auf seinem Grab wuchsen Bäume. Als Dunicha, die Großmutter dieses Kindes, von diesen Bäumen Zweige brach und sie ins Feuer warf, schickte sie sich an, die Seele dieses Mannes zu verbrennen ...«

Tereina glaubte, dass ihr Sohn verurteilt sei. Sie blickte auf Dunicha. Vielleicht hatte sie die Macht, ihn zu retten?

Nun sprach wieder die schluchzende Stimme: »Dunicha hat große Schuld auf sich geladen. Ihr Enkelsohn muss heute abend sterben.«

Aber die Stimme des Glücks brach in ein fröhliches und spöttisches Lachen aus: »Weil die Großmutter einen Fehler begangen hat, besteht kein Grund, dass ihr Enkelkind dafür büße!«

»Das Unheil, das sie begangen hat, kann sie selbst nicht sühnen; denn schon bei ihrer Geburt haben wir ihr Schicksal bestimmt. Der allmächtige Meister hat damals entschieden, dass sie wenige Tage nach der Geburt ihres Enkelkindes sterben müsse. Sie hat also nicht mehr lange zu leben. Ebenso wenig kann die Mutter das Verbrechen sühnen; denn der Meister hat entschieden, dass sie erst mit vierzig Jahren sterben wird. Daher wiederhole ich: Das Verbrechen kann nur durch das Kind gesühnt werden.«

»Ich vertraue auf die Entscheidung des Meisters. Er wird die Lösung finden, die geboten ist.«

»Auch ich vertraue seiner Entscheidung«, fügte die Stimme des Unglücks hinzu.

Und nun sprach Ursitory der Mächtige mit seiner ernsten Stimme: »Dieses Kind soll auf eine besondere Art sühnen und büßen. In dem Feuer, das dort brennt, erkennt ihr ein sehr dickes Holzscheit. Es stammt von dem Baum, der über dem Herzen des Mannes, der an dieser Stelle begraben ist, emporwuchs. Wenn dieses Scheit ganz von den Flammen verzehrt sein wird, hört das Kind auf zu leben.«

Die Stimme schwieg, und die anderen antworteten ihm nicht mehr. Das Urteil war unwiderruflich. Tereina, von tiefstem Schmerz zerrissen, nahm ihren Sohn, hielt ihn zum Himmel empor und weinte, als ob er schon tot wäre, dieses kaum geborene Kind, das nur noch eine Stunde leben sollte. Dunicha hingegen weinte nicht; sie lächelte und schien sich zu freuen.

Tereina konnte sich diese Freude nicht erklären. Der Meister der Ursitory hatte doch ihr Kind verurteilt. Allerdings war seine Stimme der Dunicha wohlvertraut. Hunderte von Malen hatte sie diese Stimme gehört. Vielleicht hatte sie ihre besondere Art, sie zu begreifen? Die Alte war ja eine Zauberin …

Dunicha sprang aus dem Bett und lief mit nackten Füßen zum Feuer. Sie ergriff das brennende Scheit, das der Ursitory bezeichnet hatte – es war kaum einen halben Meter lang –, hob den Vorhang, der die Chera verschloss, und warf das Scheit auf den Schnee hinaus. Dann deckte sie mit vollen Händen Schnee auf das brennende Scheit und erstickte die letzten Flammen. Danach schwang sie das geschwärzte und feuchte Holz, trat in die Chera zurück und sagte zu Tereina, deren Augen voller Tränen waren, mit schlichter Stimme: »Sieh her, er ist gerettet!«

Und da Tereina sprachlos war, fuhr sie fort: »Erinnere dich der Worte des mächtigen Meisters der Ursitory. ›Wenn dieses Scheit ganz von den Flammen verzehrt sein wird, hört das Kind auf zu leben.‹ Und nun brennt es nicht mehr. Das Feuer hat es nicht verzehrt. Also wird dein Sohn leben. Jetzt kommt es auf dich an, Tereina, dieses Stück Holz zu bewahren. Gib acht, dass niemand es jemals nimmt. Hüte es, wie du dein Kind hütest. Vergiss nicht, dass sein Leben von diesem Holzscheit abhängt. Du bist eine gute Mutter und wirst es gut hüten. Das ist der letzte Rat, den Dunicha dir geben kann. Die Ursitory haben gesprochen, du weißt es ja. Dunicha hat nicht mehr lange zu leben.«

4 Die Ursitory lügen nicht ...

An dem Morgen, der auf diese denkwürdige Nacht folgte, wurde Tereinas Kind in der Kapelle des nächsten Dorfes getauft. Wir wissen schon, dass Malilini gewünscht hatte, die Patin zu sein. Da kein anderer Mann anwesend war, willigte der Pope ein, Pate zu sein.

Das Kind erhielt den Namen Arniko. In der Sprache der Roms bedeutet das so viel wie der Heldenmütige. Später werden die Zigeuner zittern, wenn sie nur diesen Namen hören.

Es war Tereina, die den Wunsch gehabt hatte, ihren Sohn auf diesen Namen zu taufen; denn sie kannte das Geheimnis, das ihn fast unsterblich machen konnte. Als die Taufe beendet war, mussten Dunicha und Tereina einen langen Umweg machen, damit die Stämme, die ihre Zelte noch nicht abgebrochen hatten, ihnen nicht begegnen konnten. Denn ein alter Brauch verbietet jeder Frau, sich den Männern zu zeigen, bevor ihr Kind sechs Wochen alt ist.

Als sich die Zauberin wieder allein mit ihrer Tochter in ihrem armseligen Zelt befand, schien sie nachdenklicher als am vorhergehenden Abend. Sie wusste, dass ihr Tod bevorstand, und da sie sich ganz und gar nicht krank fühlte, so fragte sie sich, welch grausames Ende ihr bestimmt wäre. Denn wenn Dunicha die Zukunft der anderen kannte – ihre eigene Zukunft kannte sie nicht.

Geraume Zeit sann sie vor sich hin. Sie hatte schon lange gewusst, dass sie bald nach der Geburt ihres Enkelsohns sterben würde. Gewiss hätte sie Tereinas Ehe verhindern können. Aber ihrer beider Schicksal war untrennbar verknüpft. Hätte sich

Tereina nicht verheiratet, so wäre sie mit zwanzig Jahren gestorben. Die Zauberin schauderte bei diesem Gedanken. Was hätte sie allein auf der Welt gemacht, wenn Tereina tot gewesen wäre?

Draußen bedeckte der Schnee das Land, so weit man nur sehen konnte, und alle Bäume des Waldes. Immer wieder galt es Holz herbeizutragen, um das Feuer zu nähren.

Tereina besorgt ihr Kind. Dunicha ist schweigsam. Sie hat ihre Pfeife wieder angesteckt und starrt stundenlang in die Flammen.

Sobald es dunkel geworden ist, legt sich Tereina neben Arniko in das Federbett.

Dunicha löscht die schwarze Kerze. Jetzt gibt es im Zelt nur noch das Licht der brennenden Zweige, die ungeheure Schatten werfen.

Dunicha beugt sich über ihre Tochter und sagt: »Tereina!«

»Was gibt es?«

»Ich muss noch mit dir sprechen.«

»Sprich, Dale, ich höre dir zu!«

»Was ich dir jetzt sagen werde, ist sehr ernst. Du musst genau Acht geben und dich während deines ganzen Lebens daran erinnern.«

»Ich verspreche es dir; immer werde ich mich daran erinnern.«

»Tereina, du hast so gut wie ich gehört, was die Ursitory gestern abend gesagt haben.«

»Ja.«

»Ich werde also in wenigen Tagen sterben, Tereina.«

»Aber, Dale, das ist doch nicht möglich, du bist ganz gesund. Du hast mir nicht gesagt, dass du krank seiest.«

»Tereina, ich bin auch nicht krank. Aber nicht nur die Kranken sterben.«

»Du machst mir Angst«, sagt Tereina, die im Dunkeln die Augen der Zauberin glänzen sieht.

»Ich weiß, dass ich dir Angst mache. Aber du musst alles

hören, was ich dir zu sagen habe. In wenigen Tagen werde ich nicht mehr am Leben sein. Ich habe keine Ahnung, wie ich sterben werde. Alles, was ich weiß, ist, dass mein Tod grausam sein wird. Die Ursitory haben niemals gelogen.«

»Sie können sich täuschen.«

Dunicha kichert ironisch: »Ich sehe, dass du kein volles Vertrauen in sie hast.«

»Ich habe Vertrauen in sie; aber sie können sich täuschen.«

»Die Ursitory können sich nicht täuschen. Im Übrigen wirst du binnen kurzem den Beweis dafür haben. Nun aber zu dem, was ich dich zu fragen habe: Was wirst du machen, wenn ich tot sein werde?«

»Mutter, darüber habe ich noch nie nachgedacht.«

»Du musst fliehen, so weit wie möglich, weit weg von allen Roms. Andernfalls würden sie dir viel Böses antun, so wie sie es bei mir versucht haben. Ich bin eine Zauberin. Ich besitze eine verborgene Kraft, um mich zur Wehr zu setzen. Aber wen hättest du zu deiner Verteidigung, Tereina? Niemanden.«

»Soll ich nicht bis zu meinem vierzigsten Jahr leben, und Arniko vielleicht noch viel länger?«

»Meine Tochter, es gibt zwei Arten zu leben: glücklich oder unglücklich. Wenn du bei den Roms bleibst, wirst du unglücklich sein. Wenn du sie verlässt, wirst du glücklich sein.«

»Also ist es notwendig, dass ich die Roms für immer verlasse?«

»Nein, nicht für immer. Später, wenn dein Sohn groß und stark sein wird, wirst du zu ihnen zurückkehren; denn er wird die Kraft haben, dich zu verteidigen.«

»Dale, wenn dir ein Unglück zustößt, werde ich deinen Rat befolgen.«

Damit endete das Gespräch in dieser Nacht.

Es war am Abend vor dem Neujahrstage. Die führenden Roms hatten sich in der großen Chera von Yakali versammelt. Man sah dort wenigstens acht Stammesälteste, dazu ihre Söhne und auch die angesehensten Romnia.

Stehend bedienten die Boria die Männer. Denn nach alter Sitte hatte keine von ihnen das Recht, sich in Gegenwart eines Zigeunerältesten zu setzen oder auch nur an ihm vorbeizugehen, ohne zu sagen: »Wende dich ab, Kaku«; oder zumindest musste sie zwischen den Ältesten und sich ein kleines Kind nehmen.

Die Ältesten haben ihre Festkleider wieder angelegt. Sie tragen eine schwere Jacke, die mit großen Silberknöpfen besetzt ist, und sehr weite Hosen, die sie in ihre Lederstiefel hineinstecken. Ihre Haare haben sie eingefettet. Yakali ist noch reicher gekleidet als die anderen. Er ist stolz darauf, dass man sein Zelt gewählt hat, um das alte Jahr zu Grabe zu tragen und das neue willkommen zu heißen. Er raucht seine aus Gold und Edelsteinen gearbeitete Pfeife und streicht seinen langen gelockten Bart. Yakali hat vergessen, dass Frinkelo, sein Sohn, vor wenigen Monaten gestorben ist.

Die Männer tranken und waren schon nicht mehr nüchtern. Bald darauf traten ein paar junge Leute mit Gitarren in die Chera. Mit geübter Hand begannen sie, eine schöne Melodie zu spielen, begleitet von den rauen Stimmen trunkener Männer und den weicheren der jungen Frauen.

Yakali musterte die Gesellschaft; seine Augen schienen jemanden zu suchen. Dann rief er seinen Sohn Vaya.

»Ich sehe deinen Bruder Miya nicht«, sagte er zu ihm.

»Ich will sofort nachsehen, was er macht.«

Nach dem Rhythmus klatschender Hände, unter Schreien und Lachen, drehten sich Männer und Frauen im Tanz. Die Roms waren fröhlich.

Vaya kehrte in die Chera zurück, ging zu seinem Vater und sagte ihm ins Ohr: »Vater, Miya kann nicht kommen.«

»Was bedeutet das?«

»Malilini ist schwer krank.«

»Es gibt Frauen, die sich um sie kümmern können.«

»Nein, Vater, sie ist sehr schwer krank.«

»Gut, so sage deinem Bruder, er solle hierher kommen, sobald es seiner Frau besser geht.«

Während Vaya sich entfernte, ließen die Frauen den Wein aus den Fässern und kredenzten ihn in metallenen Bechern. Die Nacht rückte vor. Yakali sah auf seine Uhr – die einzige Uhr, die einer der Roms, die an diesem Abend anwesend waren, besass. Sie zeigte die elfte Stunde.

Plötzlich drang ein Mann von etwa fünfzig Jahren wie ein Sturmwind in das Zelt ein und rief mit lauter Stimme: »Haltet ein!«

Mit einem Schlage war es zu Ende mit Gesang, Schreien, Gelächter und Tänzen. Alle schwiegen und blickten auf Miya, dessen Gesicht ganz bleich war.

»Was gibt es, Miya?«, fragte ihn der alte Yakali.

»Vater, Malilini ist nicht mehr auf dieser Welt.«

»Willst du damit sagen, dass deine Frau tot ist?«

Statt zu antworten, senkte Miya den Kopf und weinte.

Sofort verließen die Romnia das Zelt. Die Männer blieben. Yakali wandte sich an sie und rief mit zorniger Stimme: »Romales! Das ist ein neues Verbrechen der Hexe!«

»Dunicha hat vielleicht nichts damit zu tun«, erwiderte einer.

»Meine arme Schwiegertochter Malilini fühlte sich sehr wohl bis zu dem Tage, da sie zur Taufe von Tereinas Sohn ging«, antwortete Yakali. »Als sie aus der Kirche zurückkam, legte sie sich zu Bett. Wer könnte leugnen, dass Dunicha sie behext hat?«

Niemand antwortete. Für die anderen Roms war es nicht das erste Mal, dass in dieser Jahreszeit eine Frau einer plötzlichen Krankheit zum Opfer fiel. Sie sahen darin nichts Unnatürliches. Aber Yakali verfolgte weiter seine abergläubischen Gedankengänge: »Malilini starb eine Stunde vor dem Anbruch des neuen Jahres. So beginnt das neue Jahr mit Tod und Tränen. Und das alles durch die Schuld dieser verfluchten Hexe. Sie hat ja auch Frinkelo getötet. Wollen wir weiter unsere Kinder vor unseren Augen sterben lassen, ohne etwas zu wagen?«

»Was willst du tun, Yakali?«, fragte ihn Yerko, ein Ältester, der mehr Einfluss zu haben schien als die anderen.

»Was ich tun will, Yerko? Ich bin schon so alt, dass es auf mein Leben nicht mehr ankommt. Ich werde diese Dunicha töten. Dann wird sie niemandem mehr schaden können.«

»Hast du vergessen, dass Dunicha eine Zauberin ist und dass sie über die Kräfte der Geister gebietet?«

Schweigend blickten die Ältesten auf Yakali. Einige waren überzeugt, dass Yakali seinen Worten die Tat folgen lassen würde. Andere, die ihn nicht gut genug kannten, zuckten die Achseln.

»Wollen wir all diese Verbrechen ungesühnt lassen?«, sagte Yakali von neuem. »Ich nicht. Ich werde die Schuldige strafen, und, wenn es Not tut, allein.«

Er verließ seine Chera; Miya und vier andere Roms folgten ihm auf dem Fuße. Die übrigen zögerten einen Augenblick, dann traten sie ihrerseits aus dem Zelt und schlossen sich Yakali an. Einige hatten Fackeln ergriffen, um die Nacht zu erhellen. Andere hatten sich mit Messern, Äxten, Hämmern oder Knütteln bewaffnet, als ob sie gegen einen ganzen Stamm in den Krieg zögen.

In Wirklichkeit hatten sie alle Angst vor Dunicha, der Zauberin – mit Ausnahme von Yakali, der erhitzt war vom Alkohol und von Rachedurst.

Die wenigen Romnia stießen Schreie aus, um ihren Roms Mut zu machen. Unter solchem Geheul setzte sich die Meute, im Schein der Fackeln, auf dem Schnee in Bewegung.

Dunicha und Tereina schliefen friedlich neben dem kleinen Arniko, bis sie von dem Lärm erwachten, der von draußen kam. Sie dachten, dass die Männer wie üblich betrunken wären und johlend von Zelt zu Zelt zögen.

Aber die Schreie kamen näher. Seit Frinkelos Tode waren die Roms niemals zu Dunichas Zelt gekommen. Weshalb kamen sie heute abend?

Dunicha und Tereina erhoben sich, um sie zu empfangen. Aber plötzlich, wie durch ein Wunder, verstummte der Lärm. Dunicha sah ihre Tochter an: Hatten sie einen bösen Traum gehabt? Nein, sie sind ganz wach. Sie haben mit Gewissheit die Schreie gehört, die draußen erklungen waren.

Jäh, mitten in das Schweigen hinein, schrie eine Stimme, ganz nahe beim Zelt: »Ergreift sie!«

Dunicha erkannte die Stimme Yakalis. Im gleichen Augenblick wurde die Zeltwand zerrissen. Zehn, zwölf Frauen drangen ein und stürzten sich, schreiend wie wilde Tiere, auf Dunicha und Tereina. Sie packten sie bei den Händen, bei den Füßen, am Kopf und fesselten sie mit Stricken. Tereina ließ man geknebelt auf ihrem Bett liegen, neben Arniko, den man inmitten all des Schreckens verschont hatte. Dunicha wurde von den kreischenden Weibern ergriffen und draußen auf den Schnee geworfen, während die Roms Triumphlieder anstimmten. Unbeweglich, zu Eis erstarrt, unfähig, sich zu rühren, wartete Dunicha, was nun mit ihr geschehen würde.

Lachend begannen die Romnia, ihr Schneeballen ins Gesicht zu werfen. Dunicha sagte nichts. Ihre Todesstunde war gekommen. Was konnte es nützen, Widerstand zu leisten? Die Ursitory hatten es so bestimmt, und Dunicha wusste, dass die Ursitory nicht lügen.

»Tötet sie!«, befahl Yakali mit kalter Grausamkeit.

Und nun stürzten sich die Männer und Frauen, als ob sie diesen Befehl erwartet hätten, auf die alte Frau und schlugen sie mit all den Werkzeugen und Stücken, die sie mitgebracht hatten. Ach, sie hatten keine Furcht mehr! Mit gefesselten Händen konnte Dunicha sie nicht mehr verhexen.

Unter Schmerzen fühlte Dunicha den Tod nahen. Sie versuchte mit dem Blick ihre Chera zu erreichen, in der Hoffnung, noch ein letztes Mal das Antlitz ihrer geliebten Tochter zu sehen.

An ihr Bett gefesselt, stöhnte Tereina und rief:

»Dale! Dale!« Aber ihre Mutter konnte sie nicht hören. Die Schreie und das Gelächter der Roms übertönten Tereinas Klage.

»Jetzt ist's genug!«, schrie Yakali.

Das Massaker war zu Ende. Ausgestreckt lag Dunicha im Schnee, den sie mit ihrem Blut gerötet hatte. In einer letzten Anstrengung aller ihrer Kräfte wandte sie den Kopf und heftete die Augen auf Yakali.

Der lachte höhnisch auf und rief: »Bist du noch nicht tot, alte Drabarni?«

Mühsam formte Dunicha ihre letzten Worte: »Möge jeden von euch ein Los treffen, schlimmer noch als das meine!«

Ihr Kopf fiel zurück.

Dunicha war nicht mehr unter den Lebenden. Sie war nun dort, wo Malilini und Frinkelo waren, für deren Tod man sie verantwortlich gemacht hatte.

Als Yakali sah, dass Dunicha ausgelitten hatte, befahl er: »Wer sie geschlagen hat, soll sie begraben!«

So hüllten die Roms und die Romnia den Leichnam in ein weißes Tuch und trugen ihn in den Wald.

Nachdem sie den Schnee weggefegt hatten, hoben sie eine Grube aus, in die sie den schon erstarrten Leichnam der Zauberin senkten. Die Roms bedeckten den Platz mit Erde, und bevor sie sich entfernten, warfen sie Schnee darüber.

Dunicha ruhte dicht neben dem Toten, dessen Seele sie erweckt hatte, als sie das Holz von dem Baum, der auf seinem Grab stand, brennen ließ.

5 *Tereinas Kühnheit*

Einzig Saviya, Malilinis Schwägerin, begab sich in das Zelt, in dem Tereina, immer noch gefesselt, unbeweglich lag. Der kleine Arniko war erwacht und schrie. Aber niemand konnte ihn beruhigen.

Saviya löste die Stricke von Tereinas Armen und Beinen. Sofort fragte Tereina: »Was habt ihr mit meiner Mutter gemacht?«

Saviya wagte nicht zu antworten. Sie senkte den Kopf. Tränen entströmten ihren Augen; denn Dunicha war ihre richtige Tante.

»Antworte mir, Saviya«, drängte Tereina, »du bist die einzige, die mir die Wahrheit sagen kann.«

»Sie haben sie getötet!«

»Yakali?«

»Ja, er und die anderen.«

»Führe mich zu meiner Mutter.«

»Wenn ich dir doch sage, Tereina, dass sie tot ist ...«

»Wo ist sie? Ich will sie sehen, bevor man sie ins Grab legt.«

»Sie haben sie in den Wald getragen.«

»Ich bitte dich, zeig mir die Richtung, in der sie gegangen sind!

Saviya deutete mit der Hand in die Richtung des Waldes. Tereina hüllte ihren Sohn in ein dickes Umschlagetuch und ging hinaus. In der linken Hand trug sie eine Fackel.

Es schneite nicht mehr. So hatte der frisch gefallene Schnee die Spur der Schritte bewahrt, und Tereina musste nur diesen Zeichen folgen. Übrigens hatte sie nicht weit zu gehen. Sie begegnete den Roms und den Romnia, die nach der traurigen Beerdigung in ihre Zelte zurückkehrten. Sie wollte sich an sie wenden: »Wo ist sie?«

Ohne zu antworten, gingen die Roms weiter. Keiner hatte das Recht, zu ihr zu sprechen oder ihr näher zu kommen; denn ihr Kind war noch nicht sechs Wochen alt.

Da sie sah, dass sie nichts erfahren würde, drang sie tiefer in den Wald ein und verschwand in der Nacht, immer auf der Suche nach Fußspuren im Schnee. Aber hier hörten die Zeichen auf. Keine Spur führte weiter. Tereina begriff, dass sie an dem Platz stand, wo man ihre Mutter verscharrt hatte. Sie fiel auf die Knie und weinte.

»Ach, Dale, du hattest alles vorausgesehen. Ich konnte nicht glauben, dass sie dich ermorden würden. O meine geliebte Mutter, an deinem Grabe schwöre ich, dass du gerächt werden wirst!«

Sie sprach zu ihr, als ob sie noch am Leben wäre und sie hören könnte. Die Tränen liefen ihr über das Gesicht und erstarrten zu Eis an ihren Wangen. Tereina, immer noch auf den Knien, spürte nichts und fuhr fort, zu ihrer Mutter zu sprechen. Plötzlich sprang sie auf, drückte ihren Sohn gegen die Brust und lief zum Lager zurück. Eine kühne Idee hatte sich in ihrem Kopf festgesetzt.

In Yakalis Chera hatten sich die Roms von neuem versammelt. Jetzt gab es kein Lachen und keinen Tanz mehr, nicht Musik noch Heiterkeit. Jeder ließ durch seine Haltung Sorge und Angst erkennen.

Vor der toten Dunicha fürchteten sie sich noch mehr als vor der lebenden.

Plötzlich hob sich die Zeltwand. Tereina, Arniko auf den Armen, stand ihnen Auge in Auge gegenüber.

So unternahm Tereina etwas, was keine Romni vor ihr gewagt hatte. Sie hatte nicht das Recht, in die Chera eines Roms einzudringen; Arniko ist ja erst eine Woche alt. Eine solche Verletzung der Gesetze konnte sie das Leben kosten; denn durch ihre Anwesenheit, die allen Bräuchen widerspricht, verflucht sie in einem gewissen Sinne alle jene, die in ihrer Nähe sind.

Die Roms zogen sich in den Hintergrund der Chera zurück. Ihre Augen, vor allem Yakalis Augen, blitzten vor Zorn.

Sie töten sie nicht, wie sie es mit Dunicha getan hatten. Aber sie können sie weder berühren noch zu ihr sprechen, ohne von ihrem ganzen Volk verleugnet zu werden.

Tereina wusste das alles gut. Sie kannte auch die Gefahren, die ihr drohten. Aber sie fürchtete sie nicht. Sie vertraute jetzt den Ursitory, die entschieden hatten, dass ihr Leben nicht vor dem vierzigsten Jahre enden würde. Für den Augenblick fürchtete sie nicht, zu sterben. Auch für Arniko brauchte sie nichts zu befürchten. Das Stück Holz, an das sein Leben geknüpft war, bewahrte sie gut, und da ihre Mutter das Geheimnis mit sich ins Grab genommen hatte, so war sie gegenwärtig die einzige, die es hüten musste. – Tereina blickte Yakali an und sprach voller Heftigkeit zu ihm: »Warum habt ihr meine Mutter getötet?«

Yakali hatte nicht das Recht, zu sprechen. Er antwortete nicht. Tereina wiederholte ihre Frage: »Warum habt ihr meine Mutter getötet?«

Immer das gleiche Schweigen. Tereina aber fuhr fort: »Wenn du meine Frage nicht beantwortest, Yakali, komme ich zu dir und berühre dich.«

Entsetzliche Drohung! Wenn sie ihn wirklich berührte, so wäre es für Yakali besser, sich zu töten; denn in Zukunft spräche niemand mehr mit ihm, nicht einmal seine Frau oder seine Kinder, und niemand wäre bereit, ihn zu empfangen oder an seiner Seite zu essen.

Yerko, den Yakali besonders schätzte, sprach zu ihm: »Antworte ihr, Yakali! Wir sind viele, und wenn du zu Tereina sprichst, so wird das für uns ohne Bedeutung sein.«

Yakali schien von Entsetzen erfüllt. Er ließ seinen Blick zu allen Roms wandern, wie um ihren Rat zu erfragen. In der Tat wäre es immer noch besser, zu Tereina zu sprechen, als von ihr berührt zu werden. Um sie nicht sehen zu müssen, neigte er den Kopf sehr tief und sagte mit halber Stimme: »Deine Mutter war eine Zauberin.«

»Das war kein Grund, sie zu töten.«

»Sie hat Malilini getötet.«

»Du lügst, Yakali. Ja, meine Mutter war eine Zauberin. Aber Böses tat sie nur denen, die ihr Böses taten. Malilini hatte ihr niemals etwas zu Leide getan.«

»Sie hat auch meinen Sohn Frinkelo getötet.«

»Ach, mein armer Frinkelo! Ich habe ihn mehr geliebt als du, Yakali. Er ist tot, weil es ihm so bestimmt war.«

Tereina erzählte nicht, was sie über die Ursitory erfahren hatte. Voller Empörung fuhr sie fort und wandte sich diesmal an alle:

»Ihr habt sie aus einem Grunde getötet, den ich nicht kenne. Ich frage euch nicht mehr darnach. Ihr alle seid verflucht. Für jeden Tropfen Blut, den ihr vergossen habt, werdet ihr zahlen. Ihr konntet sie töten, weil wir hier allein waren. Aber ihr habt vergessen, dass der Stamm meiner Mutter größer, reicher und mächtiger ist als der eure. Gott und die Ursitory mögen euch davor bewahren, dass unsere beiden Stämme sich je begegnen; denn teuer würdet ihr für das Verbrechen zahlen, das ihr begangen habt.«

Nachdem Tereina so gesprochen hatte, ging sie hinaus. Einer nach dem anderen verließen die Roms das Zelt. Keiner sprach mit Yakali. Man sah in ihm wirklich den Verfluchten. Yerko ging als letzter, und leise, als spräche er zu sich selbst, sagte er: »Du warst es, der es gewollt hat.«

Und Yakali begriff den schrecklichen Sinn dieser Worte.

Am anderen Morgen, bei bitterer Kälte, hüllte Tereina ihren Sohn in warme Tücher und legte ihn in den Karren. Dann brach sie ruhig ihre Chera ab. Sie spannte die Stute ein und fuhr los in der Richtung zum Walde. Es war das erste Mal, dass sie das Fahrzeug führte. Sie wusste nicht genau, wohin sie sich wenden würde. Ihre Onkel wohnten in Südrumänien. So nahm sie die Richtung nach Süden.

Von Zeit zu Zeit wandte sie sich um, ohne die Zügel zu lockern, und blickte in das Innere des Karrens. Arniko schlief friedlich.

Tausend Gedanken zogen durch ihr Hirn. Aber einer beschäftigte sie mehr als alles andere: Wie würde sie sich an den Minesti rächen können? Auf ihre Onkel konnte sie nicht zählen. Sie würde warten müssen, bis ihr Sohn erwachsen war.

Genau um Mittag ließ sie die Stute halten. Um sich eine Mahlzeit zu bereiten, entzündete sie ein Feuer. Dann legte sie das Kind an die Brust, und dem Tier, das unter der Kälte zu leiden schien, gab sie Hafer zu fressen.

Von neuem begann es zu schneien, und der Wind verstärkte sich wieder. Aus ganzem Herzen wünschte Tereina, vor Einbruch der Nacht in ein Dorf zu kommen.

Aber ach, die Stute lief nicht sehr schnell. Es wurde Abend, ohne dass Tereina ein Haus oder die Hütte eines Holzfällers oder eines Jägers erblickt hätte.

Gegen alle ihre Wünsche musste sie haltmachen, um die Nacht mitten im Walde zu verbringen.

Tereina besaß nicht die Kraft, allein ihre Chera aufzurichten. Außerdem musste sie sich mit ihrem Sohn und ihrer Stute befassen. Der Sturm wurde immer stärker und pfiff durch die Planken des Karrens.

Nachdem sie ihr Kind versorgt und die Stute mit einer Decke geschützt hatte, versuchte sie, sich etwas auszuruhen; aber das stürmische Wetter erlaubte es ihr nicht.

Es heulte durch den gepeitschten Wald. Die Äste ächzten. Die Schneeflocken fielen nach allen Richtungen. Ganze Bäume stürzten zu Boden.

Sturm!

Der Karren konnte dem nicht widerstehen. Seine Planken, selbst die festesten, bogen sich. Andere zerbrachen, mit donnerndem Geräusch. Plötzlich wurde das Dach des Wagens abgerissen. Tereina drückte ihren Sohn an sich, um ihn zu schützen. Jetzt fällt der Schnee auf sie beide herab. Jeden Augenblick droht das Gefährt umgeworfen zu werden.

Nun erkannte Tereina die Gefahr. Sie fürchtete nicht den Tod. An sich selbst dachte sie nicht. Aber sie wollte nicht, dass ihr Sohn verletzt würde und für sein ganzes Leben ein Krüppel bliebe.

Mit Arniko im Arm rannte sie unter einen großen Baum, um Schutz zu suchen. Sie glaubte, dass er nicht von der Wucht des Sturms entwurzelt werden könne.

Aber plötzlich bemerkte sie, dass sie den Sack vergessen hatte, in dem sie ihr Geld auf bewahrte und vor allem das ausgeglühte Holz der Ursitory.

Tereina entschloss sich rasch. Sie legte Arniko am Fuße des Baumes nieder, und so schnell sie konnte, lief sie zum Karren zurück.

Das Gefährt lag auf der Seite. Die unglückliche Stute, die wahrscheinlich vor Kälte gestorben war, war fast ganz mit Schnee bedeckt.

Tereina ergriff den Sack und trug ihn zu ihrem Sohn zurück. –

Der Sturm sollte die ganze Nacht andauern. Tereina hatte ihren Sohn gegen ihre Brust gepresst, um ihm etwas Wärme zu geben; aber sie selbst fühlte sich vor Kälte erstarrt.

Als der Morgen graute und der Sturm sich endlich beruhigte, sah Tereina durch die Bäume hindurch nichts als Schnee.

Unmöglich konnte sie länger hier bleiben, ohne Obdach, mit ihrem toten Pferd und dem zerbrochenen Wagen. Sie musste zu Fuß weiterkommen, Arniko auf dem linken Arm, den kostbaren Sack über die Schulter geworfen.

Erschöpft von einer Nacht in solcher Kälte und ohne Schlaf, kam sie nur mit großer Mühe vorwärts.

Jeder Schritt verlangte von ihr größere Anstrengung. Mit unerhörter Willenskraft setzte sie ihren Weg fort. Aber sie war erst einen Kilometer vorangekommen, seit sie den großen Baum verlassen hatte, da brach sie zusammen. Zum ersten Mal zweifelte Tereina an den Worten der Ursitory und ihrer Mutter. Sie würde niemals vierzig Jahre alt werden, und bevor das Holz ganz verbrannt sein würde, wäre Arniko erfroren und tot.

Tereina versuchte sich zu erheben, und unter tausend Schmerzen hatte sie die Kraft, bis zu einem Baum zu gelangen, um sich dort anzuklammern. Bei ihrem Sturz war ihr Sack liegengeblieben. Sie sah ihn nicht einmal mehr.

So mutig sie war, jetzt weinte Tereina.

Mehr als eine Stunde hielt sie sich dort aufrecht.

Dann hatte sie nur noch den Wunsch zu sterben und murmelte Worte, die ihrer Mutter galten: »Du hast dich getäuscht, und deine Engel desgleichen …«

In der Hoffnung, dass dies ihr letzter Schlaf sein möge, schloss sie die Augen.

Ein Geräusch ließ sie erzittern. Sie starrte geradeaus: die Wölfe! die Wölfe!

Sie presste ihren Sohn noch enger an sich. Alle beide würden sie von den hungrigen Bestien des Waldes zerrissen werden. Das wilde Tier lief direkt auf sie zu. In Erwartung des Todes richtete Tereina ein inniges Gebet zum Himmel. Jetzt glaubte sie eine Stimme zu hören. Aber sie war am Ende ihrer Kräfte. Sie verlor das Bewußtsein und fiel in den Schnee.

6 *Bei Baron Tilesco*

Als Tereina wieder zu sich kam, lag sie in einem Bett, das so prächtig war, wie sie es sich in ihren kühnsten Phantasien nicht vorgestellt hätte.

Sie blickte um sich und glaubte, ein Märchen zu träumen. Alles, was sie sah, war ihr unbekannt. Sie war in einem Zimmer von außerordentlichem Reichtum, ganz angefüllt mit schönen Gegenständen.

Trotz ihrer Überraschung waren ihre ersten Worte: »Mein Sohn!«

Sofort öffnete sich eine Tür, und eine alte Dame trat ein.

»So sind Sie also erwacht?«, sagte sie.

»Mein Sohn«, wiederholte Tereina.

»Beruhigen Sie sich. Ihr Sohn ist ganz gesund. Er hat es warm.«

»Ich will ihn sehen.«

»Erregen Sie sich nicht! Sie werden ihn nachher sehen.«

»Nein, sofort muss ich ihn sehen!«

Alle diese Worte wurden in rumänischer Sprache gesprochen, die Tereina wunderbar beherrschte.

»Gut, ich werde ihn bringen«, sagte die alte Dame, und einen Augenblick später kam sie mit dem Kinde zurück.

Und Tereina war so glücklich, ihn wiederzuhaben, dass sie zu weinen begann und zu ihm sprach, mit den Worten der Zigeuner, als ob er sie verstehen könnte: »Oh, kleiner Arniko, deine Mami hat nicht gelogen. Sie täuscht sich niemals, wir sind am Leben …«

Dann wandte sich Tereina zu der alten Dame: »Gnädige

Frau, wie soll ich Ihnen für all das Gute danken, das Sie mir erweisen!«

»Nicht mir müssen Sie danken, sondern meinem Bruder, dem Baron Tilesco.«

»Dem Baron Tilesco?«

»Ja, Sie sind hier in seinem Hause. Er war es, mit seinen Hunden, der Sie entdeckt hat, als Sie halb tot waren vor Kälte. Sie haben Glück gehabt, dass er an diesem Morgen auf die Jagd gegangen ist ...«

Während sie so sprach, trat eine Bediente ein, die in der Art der rumänischen Bäuerinnen gekleidet war, und sagte zu ihr: »Der Herr Baron lässt fragen, ob er die Kranke besuchen kann.«

»Frage sie selbst.«

»Oh, ich werde sehr glücklich sein, den Herrn Baron zu sehen, um ihm zu danken«, sagte Tereina.

Baron Tilesco war ein Mann in den besten Jahren. Er war prächtig gekleidet, mit einem gestickten Rock und hohen Stiefeln aus rotem Leder. Auf den Fußspitzen kam er näher, als fürchte er, Tereina zu wecken, dann küsste er seiner Schwester die Hand und sprach zu ihr: »Ich sehe, Wilma, dass es unserer Kranken besser geht.«

Tereina lächelte dem Baron Tilesco zu: »Herr Baron, ich weiß nicht, wie ich die richtigen Worte finden könnte, um Ihnen zu danken ...«

»Danken Sie nicht mir. Wir müssen der Vorsehung danken, die mich an diesem Tage auf die Jagd geschickt hat. Wäre ich auch nur eine Stunde später gekommen, so hätte ich, ohne jeden Zweifel, zwei Tote gefunden.«

Bei diesen Worten schauderte es Tereina.

»Sie sind eine Zigeunerin?«, fragte Baron Tilesco.

»Ja.«

»Wäre es indiskret, Sie zu fragen, was Sie ganz allein, mit einem Neugeborenen, bei solchem Wetter im Walde machten?«

»Die Verwandten meines verstorbenen Mannes hatten mich davongejagt. Ich wusste nicht, wohin ich gehen sollte.«

»Sie selbst haben also keine Verwandten?«

»Doch, ich habe welche. Aber ich weiß nicht genau, wo sie sind.«

»Was wollen Sie denn jetzt tun?«

»Weiterziehen und die Meinigen suchen.«

»Es wird sehr schwer sein, sie zu finden.«

»Ich werde sie finden.«

»Die Straßen und das Wetter sind schlecht. Warten Sie wenigstens bis zum Frühling. Wir werden Sie hier pflegen. Wenn Sie wieder ganz gesund sind, können Sie im Schloss arbeiten, wenn Sie es wünschen, und wann Sie es wollen, können Sie weiterziehen.«

»Ich danke Ihnen, Herr Baron, für so viel großherzige Güte. Aber Sie werden verstehen, dass ich eine Romni bin und nur in Freiheit leben kann.«

»Sie werden frei sein. Versuchen Sie nur einmal eine Woche zu arbeiten, und wenn es Ihnen nicht gefällt, können Sie uns dann immer noch verlassen. Denken Sie an Ihren Sohn. Hier ist er geschützt und läuft nicht mehr Gefahr, vor Kälte zu sterben. Es wird ihm an nichts fehlen.«

»Sie sind ein guter Mensch, Herr Baron. Aber wie kommt es, dass Sie uns armen Zigeunern so viel Wohlwollen entgegenbringen?«

»Hört, Tschiganka, es ist mehr als zwanzig Jahre her, da war ich sehr krank. Kein Arzt im ganzen Lande konnte mich gesund machen. Ich wartete nur noch auf den Tod. Da kamen Zigeuner, wie ihr, ins Dorf, einige Kilometer von hier entfernt. Man hörte, dass eine Zauberin unter ihnen sei. Mein Vater ließ sie holen. Sie kam hierher; auf den Armen trug sie ein Kind. Ich weiß nicht mehr, was sie getan hat. Alles, was ich euch sagen kann, ist, dass sie mich gerettet hat. Damals habe ich allen Zigeunern ewige Dankbarkeit gelobt.«

Nicht ohne Überraschung hatte Tereina den Bericht des Barons gehört. Jetzt fragte sie ihn: »Herr Baron, würden Sie diese Frau wiedererkennen, wenn Sie sie sähen?«

»Ihr Gesicht hat sich für immer meinem Gedächtnis eingeprägt.«

»Erinnern Sie sich gewisser Besonderheiten dieser Frau?«

»Gewiss.«

»Hat sie Ihnen ihren Namen genannt?«

»Ja, ich hatte sie angefleht, ihn mir zu sagen, damit ich mich immer ihrer erinnern könnte.«

»War ihr Name nicht Dunicha?«

»Ja, so hieß sie. Kennen Sie sie etwa?«

Tereina senkte den Kopf: »Es war meine Mutter.«

»Sie sagen, sie war. So wäre sie also tot?«

»Ja, Zigeuner haben sie getötet, am Tage bevor Sie mich hier aufgenommen haben.«

»Ach, das ist entsetzlich. Wie sehr hätte ich gewünscht, ihr noch einmal danken zu können! Da ich es nun nicht mehr kann, werde ich Ihnen meine Dankbarkeit beweisen.«

»Oh, mir schulden Sie keinen Dank. Ich war nur das kleine Kind, das Dunicha vor zwanzig Jahren auf ihren Armen trug ...«

»Sie?«

»Ja, ich bin ihr einziges Kind.«

Einen Augenblick schien der Baron nachzudenken, dann fragte er: »Sind Sie vielleicht auch eine Zauberin?«

»Nein«, erwiderte Tereina.

»Da Sie die Tochter der Frau sind, die mir das Leben gerettet hat, so müssen Sie mein Gast sein. Ich wiederhole den Vorschlag, den ich Ihnen vorhin gemacht habe.«

In diesem Augenblick trat eine Magd ein und sagte zum Baron: »Fräulein Helena ist erwacht und verlangt nach Herrn Baron.«

Er erhob Sich. »Entschuldigen Sie mich«, sagte er zu Tereina, »meine Tochter verlangt nach mir.« Und er zog sich zurück.

Mit Wilma allein geblieben, richtete Tereina das Wort an sie: »Ich kann nicht glauben, dass ein so guter Mensch existiert …«

»Mein Bruder ist die Güte selbst, das werden Sie noch sehen.«

Zwei Tage nach diesem Gespräch war Tereina vollkommen wiederhergestellt. Jeden Morgen war Baron Tilesco gekommen, um sich nach ihrem Befinden zu erkundigen. Tereina hatte ihm Fragen gestellt, um ganz genau zu erfahren, wo er sie mit ihrem Sohn gefunden habe.

Beim Morgengrauen des dritten Tages verließ Tereina das Schloss, ohne jemanden zu benachrichtigen, und fand leicht den Baum wieder, an dessen Fuß sie Schutz gesucht hatte. Immer noch bedeckte der Schnee die Erde.

Ein Gedanke hatte Tereina während dieser Tage keine Ruhe gelassen. Sie war gekommen, um den Sack zu suchen, der ihre Goldstücke und das Holzscheit der Ursitory enthielt.

Als sie ihn nach mehreren Stunden unter der dichten Schneedecke gefunden hatte, strahlte ihr Gesicht vor Freude. Kein Schatz der Erde war für sie kostbarer als dieser. In diesem Stück Holz hielt sie, da die Ursitory all ihr Vertrauen besaßen, für immer das Leben ihres Sohnes in Händen.

Sie kehrte ins Schloss Tilesco zurück. Sie hatte die Absicht, noch eine Woche dort zu bleiben. Sie blieb dort siebzehn Jahre.

Was die Minesti und die anderen Stämme betrifft, so hatten sie an dem gleichen Tage, an dem Tereina aufgebrochen war, ihr Lager aufgehoben. Die Roms bleiben nie an einem Ort, an dem der Tod erschienen ist.

Traurig, niedergeschlagen verließen sie den Wald, als ob Dunichas Schatten sie verfolgte.

Es traf sie der gleiche Sturm, der Tereina getroffen hatte. Sie waren in der Ebene und hatten kein Obdach. Mehrere Karren zerbrachen, Pferde wurden von Ästen getötet oder erlagen der Kälte, Frauen und Kinder wurden verletzt.

So glaubten sie sich alle verflucht, weil sie ihre Hände mit dem Blut der Zauberin befleckt hatten, und währendlanger Zeit blieb diese tragische Erinnerung in ihrem Gedächtnis. Yakali, der überall fürchtete, Dunicha zu sehen, wagte nicht mehr, sein Zelt zu verlassen. Er wurde blind. Er sprach nicht mehr. Schließlich verlor er den Verstand. Von allen verabscheut, starb er im Monat Mai, unter schrecklichen Qualen, und niemand, außer seinen Söhnen, wollte anwesend sein, als er seinen letzten Seufzer tat.

Zweiter Teil Helena

7 *Arniko*

»Hier entlang, Herr Baron!« Das Gewehr in der Hand, gefolgt von seinen Hunden, geht Baron Tilesco in der Richtung, aus der die Stimme kam. Ein paar Augenblicke später stand er neben einem jungen Menschen, der kaum sechzehn oder siebzehn Jahre alt zu sein schien. Auf den ersten Blick nahm man wahr, dass dieser junge Mann eine für sein Alter ungewöhnliche Kraft besaß.

»Was hast du gefunden, Arniko?«

»Sehen Sie selbst, Herr Baron, ein Bärenpaar!«

»O ja, und die Spuren sind noch ganz frisch. Wir wollen sie verfolgen. Wir haben Aussicht, sie zu finden.«

Auf den Spuren, die die Bären gelassen hatten setzten sich die beiden Männer in Bewegung, ohne ein Wort zu sprechen, aus Furcht, die Tiere, die sie hetzen wollten, könnten sie hören. Nach einer halben Stunde befanden sie sich mitten im Walde, an der Stelle, wo der Baron Tilesco vor siebzehn Jahren Tereina und ihren Sohn gefunden hatte.

Arniko kannte diesen Platz gut. Wie oft hatte, im Verlauf eines Spaziergangs, der Baron zu ihm gesagt: »Siehst du, Arniko, unter diesem Baum habe ich dich mit deiner Mutter gefunden.«

Und Arniko hatte ihn den Baum der Hoffnung getauft.

Zehn Meter weiter trennten sich die Spuren der Tiere. Der Baron sagte: »Arniko, ich folge der linken Spur. Du nimmst die rechte. Wenn du in zehn Minuten nichts gefunden hast, komm hierher zurück und warte auf mich.«

Die beiden Männer trennten sich. Jeder folgte seiner Spur.

Als Arniko im Verlauf einer Viertelstunde nichts entdeckt hatte, kehrte er um, denn er wollte nicht ungehorsam sein. Das Gewehr zwischen den Beinen, setzte er sich zu Füßen des Baumes der Hoffnung. Kurz danach schreckte er auf vom Geräusch eines Knalles, dem sofort ein zweiter folgte. Arniko erhob sich und lief in der Richtung des Barons. Er brauchte nicht lange, um ihn zu erblicken. Der Baron stand aufrecht neben einem Bären, den er soeben getötet hatte. Aber statt sich zu freuen, erschrak Arniko aufs Tiefste: Der Baron hatte wohl die Bärin getötet, aber er bemerkte nicht, dass dicht hinter ihm das männliche Tier bedrohlich herankam.

Arniko wollte schreien. Aber der Baron konnte ihn nicht hören, denn der Wind ging in der anderen Richtung und trug den Schall der Stimme davon.

Bevor Arniko auch nur den Gedanken fassen konnte, auf das Tier zu schießen, hatte sich der Bär auf den Baron geworfen und ihn mit seiner schweren Tatze zu Boden geschleudert. Mutig erhob sich der Baron wieder, aber das wütende Tier packte ihn von neuem und warf ihn zu Boden. Das Gewehr entglitt seinen Händen. In diesem Augenblick kam Arniko ganz dicht an den Bären heran und mit aller Kraft schlug er ihn mit dem Gewehrkolben, der dabei in zwei Stücke zerbrach.

Der Bär stieß ein Schmerzgeheul aus, ließ von seiner Beute ab und wandte sich gegen seinen zweiten Feind.

Doch Arniko wartete nicht, bis der Angriff erfolgte. Er zog das lange Messer, das er im Gürtel trug, heraus und stieß es mit unerhörter Schnelligkeit dem Tier ins rechte Auge. Der Bär hielt seine beiden Tatzen vor den Kopf, als wollte er das erblindete Auge schützen. Aber Arniko, der ungewöhnlich geschickt und geschmeidig war, stürzte sich von neuem auf den Bären, der immer wütender wurde. Diesmal traf er ihn ins linke Auge und blendete ihn vollständig. Der Bär bekam ein krampfhaftes

Zucken; vergeblich versuchte er, seinen Gegner zu packen. Arniko, jetzt ganz beruhigt, ergriff das Gewehr des Barons, lud es und jagte aus nächster Nähe zwei Kugeln in den Kopf des Ungeheuers. Wie vom Blitz getroffen, stürzte das Tier neben seine Gefährtin.

Vorsichtig ließ sich Arniko neben dem Baron, der einige Meter weitergekrochen war, auf die Knie nieder und fragte ihn: »Sind Sie verwundet, Herr Baron?«

»Nein, ich glaube nicht.«

»Können Sie sich erheben?«

»Ich will es versuchen.«

Es gelang ihm, auf die Füße zu kommen. Sein Pelzmantel war von den Krallen des Bären zerrissen worden, aber sein Leben war gerettet.

»Arniko, wie soll ich dir jemals danken können?«

»Mir danken? Aber ich verdanke Ihnen doch mein Leben! Erinnern Sie sich, Herr Baron, des Baumes der Hoffnung. Wenn Sie mich nicht vor siebzehn Jahren gerettet hätten, so hätte ich Sie heute nicht retten können.«

Baron Tilesco lächelte. Dann sagte er: »Ich bin wohl nicht verwundet, aber ich spüre heftige Schmerzen in der Seite. Um heimzukehren, werde ich mich auf deine Schulter stützen müssen, Arniko.«

Arniko legte den Arm um den Baron und half ihm so, ins Schloss zurückzukehren; später würden die Diener die getöteten Bären holen. Langsamen Schrittes brauchten die beiden Jäger fast drei Stunden, um nach Hause zu kommen. Völlig erschöpft musste sich der Baron zu Bett legen. Arniko begab sich aufs Zimmer, wo er seine Mutter bei Näharbeiten fand.

Obwohl sie nun bald vierzig war, schien Tereina kaum älter als vor siebzehn Jahren.

»Bist du zurück, Arniko?«

»Ja.«

Arniko setzte sich neben seine Mutter und küsste ihr die Hände.

»Hattet ihr Glück auf der Jagd?«

»Ja, zwei Bären, Männchen und Weibchen.«

»Wer von euch beiden hat sie getötet?«

»Der Baron hat die Bärin getötet, und ich den Bären.«

Tereina blickte von ihrer Arbeit auf und sah, dass die Jacke ihres Sohnes am Arm zerrissen war.

»Aber du bist ja verwundet, du hast Blut am Arm!«

»Ich bin nirgends verwundet.«

»Aber dieses Blut ...«

»Das ist von dem Bären, den ich getötet habe.«

In diesem Augenblick öffnete sich die Tür, und ein junges Mädchen von zwanzig Jahren betrat das Zimmer. Tereina und Arniko erhoben sich.

»Fräulein Helena, sicher haben Sie geläutet, und ich habe es nicht gehört«, sagte Tereina überrascht.

»Keineswegs, Tereina, ich komme aus einem anderen Grunde.«

»Mit was kann ich Ihnen dienlich sein, Fräulein Helena?«

»Ich bin gekommen, um Arniko zu danken.«

Arniko errötete, blickte die Tochter des Barons an und fragte: »Wofür mir danken?«

»Natürlich dafür, dass du meinem Vater das Leben gerettet hast.«

»Ach, jeder hätte an meiner Stelle das gleiche getan!«

»Nein, nicht jeder hätte sich einem Bären in die Pranken geworfen, wie du es getan hast. Mein Vater hat mir alles erzählt. Und deshalb will ich dir von ganzem Herzen danken. Ich bin so bewegt von dem, was du getan hast.«

»Fräulein Helena, wir müssen dem Zufall danken. Ohne ihn wäre ich nicht in diesem Augenblick an der Seite des Herrn Baron gewesen.«

»Und was wäre aus mir geworden, in meiner Einsamkeit, wenn mein Vater getötet worden wäre?«

»Daran dürfen Sie nun nicht mehr denken. Baron Tilesco ist nicht tot, und ich glaube, dass er noch ein langes Leben vor sich hat.«

»Möge Gott deine Worte erhören, Arniko! Und jetzt entschuldigt mich. Ich will zu meinem Vater zurückkehren.«

Als Helena hinausgegangen war, verschränkte Tereina die Arme und sagte mit strenger Miene zu ihrem Sohn: »Du hast dich also mit einem Bären herumgeschlagen, um den Baron zu retten?«

»Es gab keine andere Möglichkeit, ich schwöre es dir. Wenn ich geschossen hätte, hätte ich ihn töten können.«

»Welcher Leichtsinn, Arniko! Erzähl mir, wie alles geschehen ist, ich bitte dich.«

Arniko ließ sich nicht lange bitten, mit allen Einzelheiten seinen Kampf mit dem Bären zu schildern.

Er hatte seine Mutter nicht beunruhigen wollen. Aber jetzt, da sie es doch wusste, wollte er nichts auslassen. Schon war Arniko stolz auf seine Kraft.

Tereina hörte ihm zu. Sie dachte, dass er wirklich unbesiegbar sei, wenn selbst ein Bär von größtem Wuchs ihn nicht hatte überwinden können; im Grunde konnte nichts ihn jemals besiegen, solange das Scheit der Ursitory an einem sicheren Ort wäre.

Arniko hatte seinen Bericht beendet. Seine Mutter blieb schweigsam, und er verstand diese Nachdenklichkeit nicht. So setzte er sich an seinen kleinen Tisch und begann, in ein Heft zu schreiben.

»Was schreibst du da, Arniko?«

»Aber du weißt es doch gut, Dale. Seit meinem fünfzehnten Jahr schreibe ich jeden Abend meine ›Erinnerungen‹, das heißt alles, was ich während des Tages gemacht habe.«

»Und was wirst du heute schreiben?«

»Über meinen Kampf mit dem Bären.«

»Erwähnst du mich auch in deinem Tagebuch?«

»Aber sicher.«
»Und was schreibst du über mich?«
»Dass du die liebste aller Mütter bist.«

8 *Arnikos Tagebuch*

Eines Tages befand sich Arniko im Stall, wo er die Pferde des Barons besorgte, als eine der Dienerinnen, Anna, zu ihm trat.

»Arniko«, sagte sie, »komm schnell ins Schloss zurück, es gibt eine Überraschung für dich.«

»Eine Überraschung? Das habe ich nicht sehr gern.«

»Komm trotzdem!«

»Ich werde nicht gehen, wenn du mir nicht sagst, was das für eine Überraschung ist.«

»Komm, du siehst dann selbst.«

»Nein, Anna, ich habe hier zu tun.«

»Und wenn ich es dir sage, kommst du dann?«

»Vielleicht.«

»Nun gut. Zwei Zigeunerinnen sind da, die der Dienerschaft wahrsagen wollen.«

Arniko, der zuerst beim Gedanken an eine Überraschung lächeln wollte, wurde jetzt nachdenklich: zwei Zigeunerinnen, zwei Romnia, zwei Frauen seines Volkes!

»Verstehst du, Arniko, wir haben uns etwas ausgedacht«, fuhr Anna fort. »Sie werden dir wahrsagen wie den anderen, und zum Schluss wirst du in der Zigeunersprache zu ihnen reden. Sie werden nicht schlecht erstaunt sein, jemanden aus der Dienerschaft in ihrer Sprache reden zu hören!«

»Ist meine Mutter im Schloss?«

»Nein, sie ist im Dorf, um einzukaufen.«

»Und der Baron?«

»Ist auch nicht da.«

»Und Fräulein Helena?«

»Ja, sie ist im Schloss. Sie hat uns den Gedanken eingegeben, uns wahrsagen zu lassen.«

»Und wegen der Überraschung ist sie auch im Bilde?«

»Ja, aber wozu all diese Fragen?«

»Schon gut. Ich werde zu den beiden Zigeunerinnen kommen.«

Er band das Pferd fest und folgte Anna ins Schloss.

Dort fand er die beiden Romnia, wie sie in Gegenwart Helenas der Dienerschaft die Zukunft voraussagten.

»Tschiganka«, sagte sie, »wir wollen, dass du diesem jungen Mann wahrsagst.«

Eine der Frauen ergriff Arnikos linke Hand. Er ließ es geschehen, ohne ein Wort zu sprechen.

»Was willst du wissen? Deine Vergangenheit, deine Gegenwart oder deine Zukunft?«

Arniko antwortete nicht.

»Ach, ich verstehe ... Die Liebe interessiert dich.«

Arniko schwieg weiter.

»So werde ich dir sagen, wen du heiraten wirst.«

Rasch zog Arniko seine Hand zurück und blickte auf Helena.

Sie aber sagte zu ihm: »Los, Arniko, höre doch, was dir die Zukunft bringt ...«

Bei diesem Namen hob die Romni den Kopf.

»Arniko? Das ist ein Zigeunername.«

»Ich bin Zigeuner«, erwiderte er, und dann fügte er in seiner Sprache hinzu: »Kaski shéi san? (Wessen Tochter bist du?)«

Nun wollte die Romni ihrerseits nicht antworten.

»Dikes ke rom sim (Du siehst doch, dass ich ein Zigeuner bin)«, drängte Arniko.

Jetzt war die Romni überzeugt und sagte in der Zigeunersprache zu ihm: »Ich bin die Tochter von Chavula.«

»Chavula? Das ist der Onkel meiner Mutter ...«

»Und wer ist deine Mutter?«

»Tereina, die Tochter von Dunicha. Hast du nie von ihr gehört?«

»Doch, aber es hieß, Tereina und ihr Sohn wären zur gleichen Zeit getötet worden wie Dunicha.«

»Nein, sie sind bei bester Gesundheit.«

»Und wo ist deine Mutter?«

»Sie ist im Dorf. Und wo seid ihr?«

»Jenseits des Dorfes.«

»So will ich euch begleiten.«

Alle diese Worte waren in der Zigeunersprache gesagt worden. Weder Helena noch die Dienerschaft hatten etwas verstanden.

Jetzt wandte sich Arniko an Helena und fragte: »Fräulein Helena, gestatten Sie mir auszugehen?«

Ohne genau zu begreifen, was hier vor sich ging, gab ihm Helena die Erlaubnis.

Arniko verließ das Schloss mit den beiden Romnia, und alle drei gingen in der Richtung des Dorfes davon.

Als Helena allein war, begann sie nachzudenken. Warum hatte Arniko sie angesehen, als die Zigeunerin ihm gesagt hatte, sie werde ihm seine Liebe enthüllen und ihm offenbaren, wer seine Frau werden würde? War Arniko in sie verliebt?

Dann überlegte sie, was sie täte, wenn Arniko das Schloss verlassen würde, um den Leuten seines Stammes zu folgen. Natürlich konnte sie nichts dagegen tun. Aber bei dem Gedanken, dass sie ihn nicht wieder sehen könnte, fühlte sie einen Stich im Herzen.

»Mein Gott, sollte auch ich in ihn verliebt sein?«

»Sie lächelte. Dann sprach sie laut zu sich selbst:

»Ich bin wahnsinnig! Arniko und ich! Was für ein Paar!«

Bis zum Abend beschäftigte sie sich in ihren Gedanken mit Arniko und mit sich selbst.

Beim Nachtmahl erzählte sie ihrem Vater, was sich am Nachmittag zugetragen hatte, und fragte ihn: »Vater, wenn

Tereina und ihr Sohn weggehen wollten, was würdest du tun, um sie zurückzuhalten?«

»Helena, vor vielen Jahren habe ich ihnen das Versprechen gegeben, dass sie das Schloss verlassen könnten, wann immer sie wollten.«

»Aber wer wird dann ihre Arbeit verrichten? Wer wird mit dir auf die Jagd gehen?«

Baron Tilesco sah seine Tochter etwas erstaunt an: »Ich verstehe deine Fragen nicht«, sagte er. »Ich allein könnte mir Sorgen machen, wenn ich so treue Diener verliere. Übrigens denke ich seit langem daran, dass Tereina und Arniko von einem Tag auf den andern weggehen könnten, und ich habe mir immer gesagt, dass ich nicht das Recht hätte, sie daran zu hindern.«

»Vater ...«

»Schluss mit den Fragen zu diesem Thema, Helena. Leg dich nieder und mach dir keine trüben Gedanken.«

Helena gehorchte. Sie umarmte ihren Vater und stieg in ihr Zimmer hinauf, um sich zu Bett zu legen. Aber sie konnte nicht schlafen. Zu viele Gedanken bewegten sie, und vor allem die Frage: Liebt mich Arniko?

Sie stand wieder auf und läutete dem Mädchen.

»Wünscht das gnädige Fräulein etwas?«, fragte Anna.

»Ja, Anna, ich brauche dich.«

»Ich bin zu Ihren Diensten, gnädiges Fräulein.«

»Hast du mir nicht einmal gesagt, dass Arniko ein Tagebuch führt?«

»Ja, das stimmt. Jeden Abend schreibt er in ein Heft.«

»Sind Tereina und er heimgekehrt?«

»Nein, gnädiges Fräulein. Gewiss werden sie die Nacht bei den Zigeunern verbringen.«

»Bist du sicher?«

»Es ist sehr wahrscheinlich. Ich kenne Arniko. Niemals würde er zulassen, dass seine Mutter in der Nacht auf einem solchen Weg heimkehrt.«

»Hör zu, Anna. Weißt du, wo sich Arnikos Tagebuch befindet?«

»Ja, gnädiges Fräulein.«

»Kannst du es mir holen?«

»Aber, gnädiges Fräulein, das wäre ein Diebstahl!«

»Ich übernehme die volle Verantwortung. Übrigens ist es kein Diebstahl, sondern ich leihe es mir aus. Sobald ich es gelesen habe, legst du es wieder an seinen Platz. Niemand wird etwas merken, und ich rechne auf deine Verschwiegenheit, Anna.«

»Da das Fräulein es mir befiehlt ...«

»Geh, Anna, und komm schnell zurück!«

Helena war überzeugt, dass sie in diesem Tagebuch Arnikos Gedanken finden würde.

Ein paar Minuten später brachte Anna ihr das Heft. Helena setzte sich an ein Tischchen, auf dem ein Leuchter stand, und begann rasch die Seiten zu überfliegen. Zuerst amüsierte sie sich über den Bericht von Jagden mit Baron Tilesco und anderen Abenteuern, von denen sie nichts gewusst hatte. Aber plötzlich, auf einer neuen Seite, blieb ihr Blick haften. Sie stockte. Sie las und las dann noch einmal diese wunderbaren Sätze:

»7. Januar. Heute ist Helena zwanzig Jahre alt. Während des ganzen Abends habe ich sie nur ein einziges Mal erblicken können, so war sie umringt von den Gästen. Wie schön sie war! Für mich erschien sie wie die zauberhafteste aller Feen. Kann sie nur einen Augenblick annehmen, dass ich sie liebe? Ich armer Dummkopf!«

Oh, er liebt mich, dachte Helena, jetzt weiß ich es. Aber sie wollte in dem Heft noch andere Spuren dieses Geständnisses finden. So blätterte sie weiter in Arnikos Tagebuch, bis sie zu dem berühmten Tage kam, an dem er den Baron gerettet hatte, und hier las sie:

»... Am Abend öffnete sich die Tür, und zum ersten Mal betrat Helena das Zimmer meiner Mutter. Sie kam, um mir zu danken. Ihre Anwesenheit bei meiner Mutter war für mich der herrlichste Dank der Welt.«

Nun schloss Helena das Buch. Sie war glücklich.

Am anderen Morgen, wenn er zurückkäme, würde sie ihm ihre Liebe gestehen – ganz gleichgültig, was daraus würde.

Sie übergab Anna das Buch und schärfte ihr ein, es mit größter Vorsicht an seinen Platz zurückzulegen.

Dann löschte sie die Kerzen. Aber vergeblich versuchte sie, in dieser Nacht auch nur einen Augenblick Schlaf zu finden.

Am anderen Morgen, als kaum die Sonne aufgegangen war, kehrten Tereina und ihr Sohn mit freudestrahlenden Gesichtern ins Schloss zurück. Arniko begab sich sofort ins Zimmer des Barons, der zu dieser Stunde noch im Bett lag.

»Was willst du so früh am Morgen, Arniko?«

»Herr Baron, ich bitte Sie um Verzeihung, wenn ich ganz offen zu Ihnen spreche. Ich bin gekommen, um für meine Mutter und mich die Freiheit zu erbitten.«

»Die Freiheit? Aber seit ihr auf Schloss Tilesco lebt, habt ihr beide die volle Freiheit, weiterzuziehen, wann ihr wollt.«

»Herr Baron, noch heute wollen wir weiterziehen, um zu den Unsrigen zurückzukehren.«

»Arniko, auch ich will aufrichtig zu dir sprechen. Deine Abreise verursacht mir wirklichen Kummer. Ich liebe dich, ja, ich liebe dich wie einen Sohn, und du weißt es. Ich habe darauf bestanden, dass du lesen und schreiben lerntest. Ich hätte gern etwas aus dir gemacht. Du ziehst es vor, mich zu verlassen und den Roms zu folgen. Glaub nicht, dass ich die Absicht habe, dich daran zu hindern. Du hast Mut. Du fürchtest die Gefahr nicht. Du wirst dem Regen, der Kälte und den Stürmen ausgesetzt sein und wirst nicht mehr die festen Mauern eines Hauses um dich haben als Schutz gegen die Unbilden des Wetters.

Trotzdem wählst du dieses Leben des Nomaden statt des Lebens, das ich dir bieten könnte. Noch einmal, ich hindere dich nicht. Wenn deine Wahl schlecht ist, so wirst du selbst die Folgen zu tragen haben. Geh, Arniko, zieh in die Ferne, dorthin, wohin dein Herz und die Deinen dich rufen. Aber ich möchte, dass du eines weißt: wann immer du willst, kehre heim nach Tilesco. Mein Haus wird immer dein Haus sein, und solange ich lebe, wird hier immer ein Mann sein, der dich mit offenen Armen empfängt. Wenn ich eines Tages nicht mehr am Leben sein werde, wird meine Tochter, getreu meinem Willen, dich so empfangen, wie ich es getan hätte.«

Arniko fühlte, wie seine Augen feucht wurden. Er sank in die Knie und bedeckte die Hände des Barons mit Küssen.

»Wenn es sich nur um mich handelte, Herr Baron, hätte ich Sie niemals verlassen. Aber ich denke an meine Mutter. Seit langer Zeit wartet sie auf eine solche Gelegenheit!«

»Ich verstehe das alles gut, Arniko. Ich will dir noch etwas sagen, was dir zeigt, dass ich dir nicht böse bin. Ich habe beschlossen, dir in meinem Testament eines der Gehöfte hier beim Schloss zu hinterlassen.

»Danke, Herr Baron, danke …«

»Siehst du, seit gestern hatte ich das Gefühl, dass ihr nicht länger bleiben würdet. So habe ich einen Wagen und zwei Pferde bereitstellen lassen. Ich gebe sie euch für die Dienste, die ihr mir erwiesen habt.«

Am Nachmittag brachen Tereina und Arniko auf.

Vergeblich hatte Arniko Helena gesucht, um ihr sein letztes Lebewohl zu sagen. Wortlos war sie seit Mittag verschwunden, auf ihrem großen, schwarzen Pferd.

Und während der Wagen Arniko und seine Mutter zu den wieder gefundenen Zigeunern davonfuhr, lehnte Helena am Baum der Hoffnung und murmelte schluchzend: »Ich werde auf dich warten.«

Dritter Teil Parni

9 *Parni*

Eine Sommernacht, ohne Mondschein, in Bukarest. Tiefes Dunkel in der Gasse. Ein junges Mädchen, ohne Kopfbedeckung, mit einem Shawl über den Schultern, kommt eiligen Schritts heran. Einen Augenblick verweilt es vor einem kleinen Gasthof und blickt durch das hell erleuchtete Fenster, als ob es jemanden suche. Dann geht es weiter. In diesem Moment versperrt ihm ein Betrunkener den Weg und schreit: »Wohin gehen Sie?«

Statt zu antworten, stößt ihn das junge Mädchen zur Seite und beginnt zu rennen. Außer Atem, verlangsamt es nach einiger Zeit seinen Schritt. Es fürchtete sich und schauderte bei dem Gedanken, ganz allein zu sein. Schon hatte es die letzten Häuser der Stadt hinter sich gelassen. Es blieb stehen. Nichts war zu hören. Niemand war ihm gefolgt.

Aber plötzlich tauchten hinter einer Hecke vier Schatten auf und stürzten sich auf sie.

»Sei ganz still«, knurrte eine Stimme. »Dann werden wir dir nichts tun.«

Zu Tode erschrocken, begann das junge Mädchen zu schreien: »Zu Hilfe, zu Hilfe!«

»Packt sie«, erklang wieder die Stimme, »und schnell fort mit ihr.«

»Zu Hilfe!«, ächzte noch das Mädchen.

Da erklang durch die Nacht eine junge und männliche Stimme, die auf den Hilferuf antwortete: »Mut! Ich komme ...«

»Achtung!«, kommandierte der Anführer, »das ist ein einzelner Mensch. Zwei von euch befassen sich mit ihm. Der andere hilft mir, das Mädchen wegzubringen.«

Da die Unglückliche begriffen hatte, dass ihr jemand zu Hilfe kommen wollte, setzte sie sich trotz ihrer Schwäche mit allen Kräften zur Wehr.

Und schon erkannte sie im Licht des Mondes, der für einen Augenblick am Himmel sichtbar wurde, die Silhouette eines jungen Mannes, der auf sie zueilte.

»Hierher! Zu Hilfe!«, rief sie von neuem.

Mit einem Faustschlag in den Magen und einem Fußtritt gegen das Knie hatte der Ankömmling zwei seiner Gegner zu Boden geschleudert. Die beiden anderen ließen das Mädchen los, das sie gepackt hatten. Um dem unerwarteten Feind entgegenzutreten, zogen sie unter ihrer Jacke Messer hervor, deren lange Klingen im Dunkel blitzten.

Der junge Mensch hatte solche Gefahr vorausgesehen. Als der Anführer der Bande sich mit erhobenem Dolch auf ihn stürzte, bückte er sich rasch mit großer Gewandtheit, und zur gleichen Zeit traf er ihn mit der nackten Faust ins Gesicht.

Unter dem Anprall ließ der Anführer sein Messer fallen und taumelte. Ohne ihm Zeit zu lassen, wieder zu Atem zu kommen, schlug ihn der junge Mensch noch mehrere Male. Währenddessen ergriff der vierte, der seine drei Kameraden so rasch zu Boden geworfen sah, eiligst die Flucht, obwohl er noch seine gefährliche Waffe hatte.

Jetzt beugte sich der junge Mann über das Mädchen, das noch vor Furcht erstarrt war, und sagte: »Erheben Sie sich rasch, bevor die wieder zu sich kommen. Sie sind gerettet.«

Er nahm sie beim Arm und trug sie mehr, als er sie führte, zur Stadt zurück, wo sie außer Gefahr sein würde.

»Sie müssen sich etwas ausruhen, Fräulein. Wenn es Ihnen recht ist, kann ich Sie dorthin führen, wohin Sie wollen.«

»Ja, hier entlang, ich muss in eine Herberge, wo mich meine Brüder erwarten.«

Nach kaum fünf Minuten hatten sie den Gasthof erreicht, von dem sich das junge Mädchen kurz zuvor so unklug entfernt hatte. Sie traten ein, und in dem erleuchteten Raum bemerkte der Unbekannte, der während der ganzen Zeit rumänisch gesprochen hatte, dass seine Begleiterin eine Zigeunerin war.

»Romni!«, rief er erstaunt aus.

Und das junge Mädchen, das ihm fest in die Augen blickte, sagte ihrerseits: »Rom!«

Sie streckte ihm die Hand entgegen und fügte hinzu: »Ich bin shei bari.«

»Ich sehe es; und ich bin ternear.«

Der Wirt führte sie an einen Tisch und brachte ihnen prickelnden Rotwein.

»Und wie ist dein Name?«, fragte das junge Mädchen.

»Ich heiße Arniko – und du?«

»Ich heiße Parni.«

»Oh, Parni, du führst deinen Namen zu Recht! Und aus welcher Familie bist du?«

»Fero ist mein Vater und meine Mutter Saviya.«

»Fero? Das ist doch der Sohn von Yakali!«

»Gewiss, kennst du ihn?«

»Ich kenne ihn nicht, Parni, aber Arniko hat oft von ihm sprechen hören. Und deine Mutter Saviya ist die Tochter von Ilika?«

»Ja.«

»Ilika ist der Onkel meiner Mutter.«

»Und wie heißt deine Mutter?«

»Tereina.«

»Ich kenne sie nicht und habe ihren Namen nie gehört.«

»Und doch sind wir Kinder zweier Cousinen.«

In diesem Augenblick betraten zwei Roms den Raum. Parni winkte ihnen.

»Das sind meine Brüder«, sagte sie.

Die beiden Männer näherten sich dem Tisch, an dem Parni und Arniko saßen.

»Was bedeutet diese Verspätung, Parni?«, fragte der Ältere, der kaum zwanzig Jahre alt zu sein schien. »Wir hatten dich schon überall gesucht.«

»Prasniko, Banditen hatten mich festgehalten.«

»Banditen?«

Prasniko blickte auf den hübschen Begleiter seiner Schwester und konnte ein Lächeln nicht unterdrücken.

»Ja, es ist wahr«, fuhr Parni lebhaft fort, da sie die geheimen Gedanken ihres Bruders ahnte. »Es waren vier. Sie wollten mich entführen, und sie hätten es getan, wäre nicht dieser Mann mir zu Hilfe gekommen.«

Prasniko glaubte nicht ein Wort von dem, was Parni sagte, aber er fühlte sich verpflichtet, dem jungen Mann zu danken.

»Ich weiß nicht, ob meine Schwester die Wahrheit sagt. Aber wenn es so ist, wie sie erzählt, so schulden wir Ihnen Dank.«

»Eure Schwester hat die Wahrheit gesagt. Ich kann es bestätigen.«

Nun erklärte Parni: »Prasniko, du kannst zu ihm in unserer Sprache reden.«

»Was, er ist ein Rom? Er ist weniger dunkel als wir ... Wer bist du denn?«

»Ich bin Arniko, der Sohn von Tereina.«

»Ich kenne weder deinen Namen noch den deiner Mutter. Seid ihr schon lange in Rumänien?«

»Immer.«

»Merkwürdig. Ich habe nie von euch sprechen hören.«

»Ich kann es mir denken. Und doch ist deine Mutter die richtige Cousine meiner Mutter.«

»Woher weißt du das?«

»Saviya, deine Mutter, ist die Tochter von Ilika.

Und Ilika ist der Onkel meiner Mutter Tereina.«

»Und was machst du hier?«

»Ich suche euch, das heißt deine Familie. Aber ich glaube, dass ich euch nie gefunden hätte, wenn ich nicht durch Zufall dazu gekommen wäre, deine reizende Schwester aus den Händen dieser Verbrecher zu retten.«

»So möchtest du zu uns kommen?«

»Ja, das ist mein Wunsch. Seit Jahren denken meine Mutter und ich an nichts anderes!«

»Nun gut, im Namen meines Stammes, im Namen meiner Schwester Parni, meines Bruders Vasilka und in meinem eigenen Namen grüße ich dich. Sei willkommen bei uns, Arniko, und wenn deine Absichten gut sind, möge Gott dich beschützen. Und jetzt komm mit uns.«

10 Bei den Minesti

Der Stamm, zu dem Parni, Prasniko und Vasilka gehörten, war eben jener, der vor siebzehn Jahren den feigen Mord an Dunicha begangen hatte.

Damals war Parni drei Jahre alt, Prasniko und Arniko erst wenige Tage. Vasilka war überhaupt noch nicht auf der Welt. Die beiden Brüder und ihre Schwester wussten überhaupt nichts von dieser Tragödie. Nur Arniko hatte alles bis in die letzten Einzelheiten von Tereina erfahren.

Als die Ilikesti, Arnikos Stamm, nach Bukarest gekommen waren, hatten sie alsbald erfahren, dass auf der anderen Seite der Stadt die Minesti ihr Lager aufgeschlagen hatten.

Sofort hatte Arniko verlangt, zu ihnen zu gehen.

Niemand war seiner Ansicht. So hatte er sich, trotz dem allgemeinen Protest, entschlossen, sie allein aufzusuchen. Tereina, die nur an ihre Rache dachte, ermutigte ihn. Da sie das Holzscheit der Ursitory bewahrte, wusste sie, dass er nichts zu fürchten hatte, und wenn hundert gegen ihn ständen. Aber bis zu diesem Tage hatte Arniko noch keine Gelegenheit gehabt, seinen Plan auszuführen.

Wie üblich hatten die Minesti ihre Zelte außerhalb der Stadt aufgeschlagen, am Saum des Waldes.

Es war schon sehr spät, als die jungen Leute zum Lager gelangten. Alle warteten dort mit Unruhe auf Parni, die am Nachmittag zu einer sehr reichen Dame nach Bukarest gegangen war, um ihr wahrzusagen. Ihre Brüder sollten sie heimbegleiten, damit sie nicht allein wäre in der Nacht.

Sie waren nicht wenig erstaunt, als sie statt der drei Personen, die sie erwarteten, vier herankommen sahen, von denen einer ein Fremder war. Fero, Parnis Vater, verschränkte die Arme über der Brust und fragte mit strenger Stimme seine Tochter: »Was bedeutet diese Verspätung?«

Aber er war so froh, seine Tochter heil und gesund wieder zu sehen, dass er ihr nicht mehr so zürnen konnte, wie er es sich vorgenommen hatte.

»Ich will es Euch erklären, Vater«, sagte sie ängstlich.

Halb von Parni, halb von Prasniko erfuhr Fero, was sich ereignet hatte. Vasilka sagte nichts, denn er war stumm; aber durch Kopfnicken bestätigte er die Erzählung. Als Fero endlich begriffen hatte, welche Rolle der Unbekannte in der Nacht gespielt hatte, sprach er zu ihm: »Mein Junge, ich weiß wirklich nicht, wie ich dir danken soll.«

Statt zu antworten, lächelte Arniko geheimnisvoll.

Während der Erzählung waren von allen Seiten Männer, Frauen und sogar Kinder herbeigekommen, um diesen Fremdling zu betrachten, den niemand kannte.

»Wie heißt du, mein Junge?«, fragte Fero und forderte ihn auf, sich zu setzen.

»Arniko.«

»Und dein Vater?«

»Frinkelo.«

»Frinkelo, der Sohn von Yakali?«

»Ja.«

»Aber das war ja mein Onkel. So bist du mein richtiger Neffe!«

»Ich glaube es wohl.«

»Und dann ist Tereina deine Mutter!«

»Ja, so ist es.«

»Die Tochter von Dunicha?«

»Ja«, antwortete wiederum Arniko.

»Und du wagst es, zu uns zu kommen?«, schrie plötzlich Fero, den ein schrecklicher Zorn packte.

Parni und Prasniko waren aufs höchste erstaunt, denn sie verstanden nichts von der plötzlichen Verwandlung ihres Vaters.

»Da gibt es nichts zu wagen, Vero. Es ist doch ganz natürlich, dass ich meine Verwandten begrüße.«

»Du findest das natürlich nach allem, was zwischen unseren Stämmen geschehen ist?«

»Das ist kein Grund, sich heute zu hassen, weil vor siebzehn Jahren …«

»Halt ein! Genug! Verlass sofort mein Zelt, du Spross einer Hexe, und kehre zu deinen Leuten zurück!«

Prasniko wollte eingreifen: »Bleibt doch ruhig, Vater. Wir dürfen nicht vergessen, dass Parni von Arniko gerettet worden ist.«

»Nein, das vergesse ich nicht. Aber er hat Parni gerettet, wie er jeden anderen auch gerettet hätte. Vielleicht bedauert er jetzt sogar, es getan zu haben.«

»Nein, ich bedaure es nicht. Im Gegenteil, ich bin sehr froh darüber«, sagte Arniko.

»Vor allem bist du froh, dass meine Tochter von Banditen angegriffen wurde! «

»Nein, ich bin froh, dass ich ihr die Schande ersparen konnte. Denn du zweifelst wohl nicht an den Absichten derer, die versucht haben, sie zu entführen …«

Fero standen dicke Schweißtropfen auf der Stirn.

»… und zum Dank wirfst du mich jetzt hinaus. Aber spar dir die Mühe, ich gehe ganz von selbst.«

Und Arniko wollte das Zelt verlassen, doch die schöne Parni trat ihm in den Weg.

»Du wirst nicht gehen«, sagte sie sanft.

»Und warum nicht?«

»Weil ich dir gegenüber in der Schuld bin und weil ich sie zahlen will nach dem Gesetz der Roms.«

»Und das Gesetz der Roms«, erwiderte Arniko, »bestimmt Folgendes: ›Wer einen der Deinen gerettet hat, und wäre es dein schlimmster Feind, darf drei Wünsche an dich richten, und du hast nicht das Recht, sie zu verweigern.‹«

Und zu Fero gewendet fragte Arniko: »Stimmt das?«

»Es stimmt.«

»Aber bevor ich irgend etwas erbeten habe, schöne Parni, holde Jungfrau, hat dein Vater es mir verweigert!«

»Nicht an ihn, an mich musst du dich wenden.«

»An dich? Ich glaube, du wirst es mir nicht bewilligen können.«

»So frag doch!«

»Mein erster Wunsch: Ich möchte die Nacht hier verbringen.«

»Bewilligt.«

»Nein«, sagte Fero.

»Doch!« Jetzt hatte Saviya gesprochen, Parnis Mutter.

Fero schwieg. Prasniko, um die Meinung seiner Mutter zu bekräftigen, sagte seinerseits Ja.

»So bin ich also nicht mehr Herr im Hause«, schleuderte ihnen Fero entgegen.

»Die Gesetze der Roms sind heilig, Vater«, sagte seine Tochter.

Arniko wandte sich dem jungen Mädchen zu und dankte ihm.

»Und was ist dein zweiter Wunsch?«, fragte sie.

»Dass dein Vater mich um Verzeihung bittet wegen der Beleidigung, die er mir antat, als er mich aus seiner Chera hinauswies.«

»Nein, das niemals!«, schrie Fero, dessen Wut sich zu verdoppeln schien, »niemals!«

»Gut, dann muss ich also gehen.«

Wieder hielt Parni Arniko zurück: »Und wenn wir uns im Namen unseres Vaters entschuldigten?«

Arniko sah das hübsche Mädchen an. Ihr konnte er unmöglich etwas abschlagen.

»So wollen wir diese Bitte als erledigt betrachten«, sagte er.

»Danke«, erwiderte Parni. »Jetzt bleibt noch der dritte Wunsch.«

»Ich ziehe es vor, ihn morgen vorzubringen.«

»Warum nicht heute Abend?«

»Es steht mir frei, es morgen zu tun, so wie ich es, wenn Gott mir ein langes Leben schenkt, auch in hundert Jahren tun könnte.«

»Gut, wir werden bis morgen warten.«

Fero näherte sich seiner Tochter und Arniko, und mit einer Stimme, die jetzt sehr sanft klingen sollte, sagte er: »Seid ihr fertig?«

»Ja, Vater«, antwortete Parni.

Nun wandte er sich an seinen Sohn und befahl ihm: »Prasniko, unser Gast wird diese Nacht dein Lager teilen!«

»Ja, Vater, er ist mir willkommen.«

Jetzt wandte sich Fero zu Arniko: »Wir alle sind Roms. Du kennst unsere Gesetze so gut wie irgendein anderer. Du musst also wissen, dass jeder Rom das Recht hat, die Nacht bei einem anderen Rom zu verbringen. Diese Gastfreundschaft wird ihm niemals verweigert werden.«

»In der Tat, ich kenne diese Gesetze genau.«

»Und deshalb«, fuhr Fero fort, »bedaure ich, ja ich bedaure, dass ich dich hinauswerfen wollte. Wie Prasniko schon gesagt hat, bist du uns willkommen und kannst dich bis morgen hier wie bei den Deinigen fühlen.«

»Danke für deine Gastfreundschaft!«

»Aber merke dir gut, junger Mann: Morgen schulde ich dir nichts mehr, und sobald du meine Chera verlassen hast, werde ich dich als meinen schlimmsten Feind betrachten.«

»Du behandelst mich als Feind? «

»Ich weiß keine andere Bezeichnung.«

»Lieber Oheim, ich werde liebenswürdiger sein als du. Vielleicht bin ich dein Feind. Aber du giltst mir als Freund. Übrigens wäre es ausschließlich an mir, dich und die Deinen als Feinde anzusehen. Denn dein Stamm hat Dunicha getötet.«

»Dunichas Tod ist nichts im Vergleich zu den fünfzehn oder zwanzig Toten, unter ihnen Frinkelo, dein Vater, für die die Hexenkünste dieser verdammten Frau verantwortlich sind. Und nun schlaf wohl. Möge dir die einzige Nacht, die du bei mir verbringst, angenehm sein!«

Nach diesen Worten entkleidete sich Fero und legte sich in sein Federbett.

Arniko legte nur Schuhe und Jacke ab und streckte sich neben Prasniko aus. Niemand sprach mehr. Man hatte die große, schwarze Kerze gelöscht. Arniko, der nicht einen Augenblick fürchtete, Fero könnte sich erheben und ihn töten, sah nur Parnis liebliches Bild vor Augen.

Trotz der Finsternis wandte er den Kopf in der Richtung, wo sie schlief. Sie war allein, und er wusste es. Er versuchte, ihren Atem zu hören. Aber es gelang ihm nicht. Vielleicht lag sie so still, weil sie noch nicht eingeschlafen war und an ihn dachte wie er an sie.

Indessen war er so müde, dass er trotz Parnis Nähe schließlich vom Schlaf übermannt wurde.

Am anderen Morgen erhob sich Parni als erste und zündete das Feuer an. Als dann die ganze Familie erwacht war und Arniko zum Aufbruch rüstete, hielt ihn Parni noch einmal zurück.

»Du gehst?«

»Ja, ich muss wohl.«

»Und deine dritte Frage?«

Arniko betrachtete das Mädchen, und es schien ihm, dem Mutigen, als würden seine Augen feucht.

»Die dritte Frage?«, wiederholte er.

»Ja, du hast es für heute versprochen.«

Arniko schien zu zögern, dann sagte er rasch: »Ich habe jetzt keine Zeit mehr. Heute Abend werde ich meine Mutter schicken und meinen Onkel Ilika, um an deinen Vater den dritten Wunsch zu richten.«

Und ohne eine Antwort abzuwarten oder Parni noch einmal anzusehen, ging Arniko davon.

11 *Der dritte Wunsch*

Am Nachmittag kam ein Kind der Minesti, das am Straßenrand Kräuter sammelte, zu den Zelten gelaufen und schrie aus vollem Halse: »Roms! Roms!«

Bei diesem Ruf traten die meisten Männer aus ihren Zelten, und Lärm erhob sich: »Die Ilikesti! «

Auf den ersten Blick schien es, als ob mindestens dreißig oder vielleicht sogar vierzig Fahrzeuge der Ilikesti herankämen.

Fero sagte nichts. Saviya, seine Frau, erinnerte ihn daran, dass Ilika sein Schwiegervater sei, der Großvater ihrer Kinder. Wollte er wirklich die Waffen gegen ihn erheben?

Aber schon befahl Miya, seit dem Tode seines Vaters Yakali der Anführer der Minesti, mit lauter Stimme den Lärm bezwingend: »Rüstet euch zum Kampf!«

Als hätten sie nur auf diesen Befehl gewartet, stürzten alle zu ihren Zelten oder ihren Karren, um Waffen aller Art zu ergreifen, Messer, Eisenstangen, Knüttel, Äxte, schwere Holzstücke und schließlich die Waffe, die in ihren Händen die furchtbarste ist, die Peitsche.

Währenddessen kamen, ohne Eile, in einer Staubwolke die Karren der Ilikesti immer näher.

Auf weiteren Befehl Miyas stellten sich die Minesti längs der Straße auf. Jeder hielt in seiner rechten Hand die Peitsche, in der linken eine zweite Waffe. Sie waren etwa fünfundzwanzig, alle entschlossen, zu sterben, denn sie wussten wohl, dass die Ilikesti, kräftig und gesund, vom gleichen Schlag wie dieser Arniko, den sie bewundert hatten, mindestens sechzig Mann zählten …

Auf Feros Lippen lag ein merkwürdiges Lächeln. Wenn er sterben müsste und mit ihm die Männer seines Stammes, so würde er Arniko nicht unter den Lebenden lassen.

Die Frauen blieben in der Chera, bereit, zu Hilfe zu eilen und wenn nötig die Männer zu verbinden. Die Puria hatten die Kinder in den benachbarten Wald weggeführt.

Nur hundert Meter entfernt von dem Trupp der Minesti machten die Karren der Ilikesti Halt.

Wie alle Roms, waren die Minesti tapfer. Sie würden ihre Frauen und ihre Kinder verteidigen. Ruhig, ohne sich zu rühren, erwarteten sie den Kampf. Aber zu ihrer Überraschung sprang ein einzelner Mann aus dem ersten Wagen. Sie erkannten ihn sofort: es war Arniko. Er kam auf sie zu. Als er nur noch fünfzig Meter entfernt war, schrie ihm Miya entgegen: »Gia palpale! (Kehre um!)«

Als hätte er nichts gehört, ging Arniko weiter. Jetzt konnte Fero seinen Zorn nicht mehr meistern, er nahm seine Axt und begann, sie über seinem Kopf zu schwingen. Arniko hob seine Hände, um zu zeigen, dass er waffenlos sei.

Jetzt war er ganz dicht bei ihnen und sprach: »Ich möchte mit euch reden.«

Miya antwortete ihm kurz: »Kehre um, sonst töten wir dich!«

»Erinnert euch an gestern. Ich habe das Recht, einen dritten-Wunsch an euch zu richten.«

Fero senkte seine Axt und hieß ihn näherkommen: »Was willst du?«

Jetzt sprach Arniko Worte, die niemand erwartet hatte: »Ich will Euch bitten, Frieden zu schließen.«

»Du?«

»Nein, mein ganzer Stamm mit Eurem ganzen Stamm.«

Miya fragte sich, was für ein Spiel dieser junge Mensch, ihr schlimmster Feind, spielen wollte. In der Tat war es unmöglich, dass die Ilikesti Angst hatten. Warum aber wünschten sie, sicher ihres Sieges, den Frieden? War es eine List? Aber wenn Arniko aufrichtig wäre, so fand er, Miya, in seinem Innern, dass das schön wäre. Ohne seine Männer zu befragen, antwortete er: »Dein Stamm bietet uns Frieden, aber unter welcher Bedingung?«

»Unter gar keiner oder, richtiger, unter einer einzigen.«

»Das wäre?«

»Wenn einer eurer Männer schlecht von uns spricht, übergebt ihr ihn uns, und wir werden mit ihm machen, was wir wollen. Wenn umgekehrt einer von unseren Männern schlecht von den euren spricht, habt ihr das Recht, seine Auslieferung zu fordern und ihn nach den Gesetzen eures Stammes zu strafen.«

»Die Gesetze meines Stammes sind die gleichen wie die Gesetze deines Stammes.«

»Ich bin froh, dass es so ist.«

Miya überlegte. Offensichtlich machten die Ilikesti einen gerechten Vorschlag. Sie boten einen Frieden, der nicht der Frieden des Siegers gegenüber dem Besiegten war, sondern ein Frieden unter gleichen …

»Sicher«, begann Miya von neuem, »habt ihr euch untereinander verständigt, bevor du uns dieses Angebot machtest.«

»So ist es.«

»Wir haben das gleiche Bedürfnis uns zu beraten. Ich verlange von dir eine Frist, und in zehn Minuten werde ich dir sagen, ob wir dein Angebot annehmen oder ablehnen.«

»Einverstanden. Ich gehe zu Ilika, unserem Ältesten, zurück, um ihm zu berichten. Und ich flehe zu Gott, dass deine Antwort günstig sein möge.«

An Ort und Stelle sprach Miya mit seinen Männern. Die zehn Minuten waren noch nicht vorüber, da löste er sich von seiner Gruppe und begab sich allein zu Ilikas Karren.

»Ilika«, sagte er, »ich möchte mit dir sprechen.«

»Hier bin ich, was willst du?«

»Ilika, du bietest uns den Frieden.«

»Ja.«

»Und wie könntest du Wort halten?«

»Mein Wort als Rom wiegt so schwer wie das irgendeines anderen Rom.«

»So nehmen wir deinen Vorschlag an. Betrachte uns von jetzt an als deine Freunde.«

»Nicht bevor du mir deinerseits dein Wort als Rom gegeben hast, dass nichts gegen uns unternommen werden wird.«

»Ich gebe dir mein Wort als Rom.«

Und die erbitterten Feinde drückten sich die Hand.

12 *Freitod*

Ein paar Tage waren vergangen. In der Chera von Fero, der größten von allen, hatten sich die beiden Stämme versammelt.

Saviya war glücklich. Zum ersten Mal seit zwanzig Jahren konnte sie ihren Vater Ilika umarmen.

Auch Parni war in froher Stimmung, und oft wanderte ihr Blick zu Arniko. Dieser aber, eingeschüchtert durch das junge Mädchen, senkte die Augen, wenn sie in seine Nähe kam.

Tereina hatte alles vergessen. Ihr Hass war verflogen. Es war ja ihr Sohn, der die Ilikesti zur Versöhnung bewogen hatte, und sie hatte nichts unternommen, ihn daran zu hindern. Sie fühlte, dass ein Geheimnis ihren Arniko zu dieser Haltung getrieben hatte, und als Parni sie begrüßte, verstand sie rasch, wo dieses Geheimnis zu suchen wäre.

Einzig die alte Oraga, Dunichas Schwester, die sich auch ein wenig mit Zauberei befasste, hatte sich geweigert, zu der Zusammenkunft zu gehen.

Man brachte Wein, und die Frauen trugen die besten Speisen auf, die sie zu bieten hatten.

Die Männer sprachen über alles und nichts. Parni, als älteste Tochter, kredenzte ihnen die Becher. Sie begannen zu trinken und sich zu berauschen. Bald wurden Lieder angestimmt. Und die Roms umarmten sich.

Sie sind jetzt wirkliche Freunde. Wenigstens sollte man es glauben …

Arniko hatte nicht getrunken. Er beobachtete nach allen Seiten. Endlich geschah, was er sich gewünscht hatte. Miya forderte Parni, seine Nichte, zum Tanz auf.

Ohne sich lange bitten zu lassen, tanzte sie zu den Klängen einer Gitarre, während die Menge in die Hände klatschte. Sie tanzte mit einer solchen Leichtigkeit, dass sie wie ein Vogel erschien, der um die Menschen herumflatterte.

Arniko hatte nur noch Blicke für sie, und Tereinas Augen wanderten von Parni zu Arniko.

Der Tanz endete unter Rufen der Freude und Bewunderung.

In später Nacht hatten Ilikesti und Minesti einen wahren Friedenspakt besiegelt. –

Eine Woche verging, bis eines Abends die Ilikesti wieder in Feros Zelt erschienen. Die Minesti, die eine neue Nacht voller Fröhlichkeit, Alkohol und Gesängen erhofften, empfingen sie mit freundlichen Mienen. Aber Ilika nahm seine Pfeife aus dem Mund, strich sich den langen Bart und sprach zu Fero: »Zamutria, weißt du, warum wir auch heute Abend zu dir gekommen sind?«

»Ich habe keine Ahnung, Kaku.«

»Wir kommen, dich um die Hand deiner Tochter Parni zur Ehe mit meinem Neffen Arniko zu bitten.«

Fero sah seine Brüder Miya und Vaya an. Dann antwortete er: »Die Töchter werden geboren, damit um sie gefreit werde.«

»Ich danke dir für diese Worte, mein Sohn.«

Er tat einen Zug aus seiner Pfeife, spuckte aus, strich sich wieder den Bart und fuhr fort: »Ich werde keine unnützen Reden halten. Obwohl du Arnikos Mut beobachten konntest, kennst du ihn erst seit kurzem. Darum will ich deine Tochter nicht eigentlich zur Ehe verlangen, sondern dich nur bitten, sie meinem Neffen zu verloben. Arniko wird mit dir gehen. Bei der Arbeit wirst du ihn schätzen lernen. Du wirst ihm Parni geben, sobald du findest, dass er sie verdient. So nehmen wir dir nicht deine Tochter. Im Gegenteil, wir geben dir einen Sohn. Vielleicht wirst du sagen, du habest an den deinen genug. Das würde ich begreifen. Aber denke auch daran, wie mutig Arniko ist. Er wird deinen Söhnen ein Bruder sein.

Wenn es Not tut, wird er sie verteidigen. Ich weiß auch, dass du deine Tochter brauchst. Du wirst sie behalten. Was Arniko betrifft, so wird er niemanden mitbringen außer seiner Mutter Tereina, die Frinkelos Frau war. Ihr werdet sie nicht zurückweisen; sie gehörte ja schon einmal zu euch. Ich habe gesprochen und erwarte nun deine Antwort. Von ganzem Herzen wünsche ich, dass sie günstig sein möge.«

Ilika rauchte wieder ruhig seine Pfeife. Während er sprach, waren alle Blicke auf ihn gerichtet gewesen. Jetzt erwartete jeder Feros Antwort.

Im Grunde war das eine merkwürdige Brautwerbung: der Mann würde der Frau folgen! Aber Arniko selbst hatte, um keinesfalls zurückgewiesen zu werden, seinem Onkel diese Bedingungen vorgeschrieben.

Nun begann Fero zu sprechen: »Kaku, in meinem ganzen Leben habe ich noch keine so schöne Rede gehört. Aber alles habe ich eher erwartet, als dass du um die Hand meiner Tochter bittest oder vielmehr mir Arniko anbietest. Bitte, komm morgen wieder. So werde ich die Zeit haben, mich mit meiner Frau und meinen Söhnen und meinen anderen Verwandten zu beraten.«

»Zamutria, das sind kluge Worte. Die gleichen habe ich zu deinem Vater gesprochen, als er mich um die Hand von Saviya bat. Ich hoffe, dass ich die gleiche Antwort erhalten werde wie er damals.«

In diesem Augenblick griff Vaya ein, einer von Feros Brüdern: »Kaku Ilika, darf ich ein paar Worte sagen?«

»Aber gewiss, mein Sohn. Du bist ja Parnis Onkel und hast das Recht, mitzusprechen.«

»Danke, Kaku. Meine Worte richten sich an Fero, und ich will, dass ihr alle hört, was ich ihm zu sagen habe.«

Ilika begriff, dass seiner Bitte ein Hindernis erwachsen sollte.

»Fero«, fragte Vaya, »hast du dein Versprechen vergessen?«

»Welches Versprechen?«

»Wenn du es vergessen hast, so ist es gerecht, dass ich dich vor unseren beiden Stämmen daran erinnere. Vor achtzehn Jahren hast du deine Tochter meinem Sohn Pochona versprochen.«

»Vaya, ich hatte dieses Versprechen nicht vergessen. Aber da du nie mehr davon gesprochen hattest, so glaubte ich, dass du Parni nicht mehr als Schwiegertochter begehrtest.«

»Im Gegenteil, mehr als je halte ich daran fest, und da wir hier versammelt sind, so verbiete ich jedem anderen, Parni zu freien.«

»Ich wusste von all dem nichts«, sagte Ilika. »Übrigens wusste keiner von uns etwas davon. Glaubt mir, ich bin ein Rom, und niemals wäre ich gekommen, um die Hand eines jungen Mädchens anzuhalten, das bereits einem anderen versprochen ist. Aber auch du bist ein Rom und kennst unsere Gesetze, und du hast einen schweren Fehler begangen.«

»Kaku«, erwiderte Vaya, »mein Fehler ist nicht schwer. Ich konnte nicht ahnen, dass wir, nach zwanzigjähriger Feindschaft, Freunde werden würden. Und wenn ich einen Fehler begangen habe, so werde ich ihn heute abend vor euch wieder gutmachen.«

Vaya wandte sich an Saviya: »Borio, hol Parni herbei!«

Saviya blickte ihren Vater an; aber der hatte sich abgewandt, um nicht die Tränen zu sehen, die in den Augen seiner Tochter standen.

Einen Augenblick später kam sie mit Parni zurück.

Vaya erhob sich, zog ein Goldstück aus der Tasche und gab es Saviya.

»Saviya, leg du selbst dieses Goldstück an Parnis Hals, damit jeder weiß, dass sie meine Bori ist, die künftige Frau von Pochona.«

Dann wandte er sich an Fero: »Und jetzt, Bruder, wünsche ich, dass die Hochzeit unserer Kinder in zwei Tagen stattfinde.«

»Parni hat euch von jeher gehört«, erwiderte Fero.

Parni, die bis dahin geschwiegen hatte, brach in Schluchzen aus und stürzte davon. Sie begriff nichts von all diesen Vorgängen. Ilika wollte sie zur Frau für Arniko, den sie liebte, und nun sollte sie in zwei Tagen Pochona heiraten, den sie immer verabscheut hatte. Sie schwor sich, dass sie lieber sterben wollte, als die Frau eines anderen Mannes zu werden als Arnikos.

In Feros Chera wandte sich Vaya an Ilika: »Kaku, ich hoffe, dass du und die Deinen der Hochzeitsfeier beiwohnen werden.«

»Es tut mir leid, Vaya, aber diese Einladung kann ich nicht annehmen. Wenn wir uns versöhnt haben, so geschah es dank Arniko und vor allem dank Parni. Um ihretwillen hat er uns gebeten, mit euch Frieden zu schließen. Jetzt haben wir hier nichts mehr zu schaffen. Morgen werden wir weiterziehen.«

»Darf man wissen, ob ihr uns als Freunde oder als Feinde verlasst?«, fragte Miya, der jetzt zum ersten Mal das Wort ergriff.

»Als Freunde. Es dient zu nichts, sich gegenseitig zu töten. Ihr seid frei, anders zu handeln, wenn ihr es wollt.«

Diese Worte waren beruhigend. Nun erhob sich Ilika und ging hinaus, gefolgt von den Seinen.

Als die Minesti allein waren, wandte sich Vaya an seinen Bruder: »Wie hätte deine Antwort gelautet, Fero, wenn ich nicht eingegriffen hätte?«

»Ich verabscheue die Ilikesti mehr als irgendeiner von euch, und Arniko noch mehr als alle anderen Ilikesti. Meine Antwort wäre ein Nein gewesen.«

In der Tat zogen bei Sonnenaufgang die Karren der Ilikesti auf der Straße vorüber. Von neuem in Feros Chera versammelt, beobachteten die Minesti ihren Aufbruch. Als der letzte verschwunden war, stieß ein junges Mädchen einen langen Schrei aus. Es war Parni, die rückwärts zu Boden fiel. Ihr Kleid war blutbefleckt. In der Hand hielt sie noch den Griff des Messers, das sie sich in die zarte Brust gestoßen hatte. – Gegen Mittag starb Parni unter allgemeinem Wehklagen. Ihre letzten Worte waren: »Arniko! Arniko!«

13 *Die Expedition*

An Parnis Grab tranken alle Mitglieder des Stammes einen Schluck Wein, sprachen »Te avel angla ei Parni ei sev le Feroski (für Parni, die Tochter von Fero)« und warfen dreimal Erde auf ihr Grab. Dann hielten die Minesti Rat.

Alle folgten dem Ruf, sogar die Frauen.

»Fehlt niemand?«, fragte Miya, der Stammesälteste.

»Niemand«, antworteten mehrere Stimmen.

»Nun, Fero, solange es noch Zeit ist, wollen wir wissen, was du beschlossen hast. Bis jetzt haben wir dein Schweigen respektiert. Aber nun kann es nicht länger dauern. Du musst uns alles erklären.«

»Was soll ich da erklären? Alles, was ich weiß, wisst ihr auch.«

»Warum hat sich deine Tochter getötet?«

»Ihr wisst es ja alle. Warum fragst du mich?«

»Wir wollen, dass du selbst es sagst.«

»Nun gut, da es hier keine Fremden gibt, so kann ich sagen, dass Parni diesen verfluchten Arniko geliebt hat.«

Miya wandte sich an seinen Stamm: »Habt ihr's alle gehört?«

»Ja, ja«, riefen mehrere.

Miya fuhr fort: »Ließ vor dem Tode deiner Tochter nichts eine solche Sache vermuten?«

»Nichts.«

»Kannst du uns das schwören?«

»Ich schwöre es beim Haupte meiner Kinder.«

»Gut, deine Ehre ist gerettet. Du hast nicht gegen deine Pflicht als Vater verstoßen.«

Miya hielt inne, dann richtete er seinen Blick auf Saviya und sprach zu ihr: »Saviya, nun will ich dir einige Fragen stellen. Ich zwinge dich nicht, zu antworten. Aber wenn du nicht antwortest, so muss ich glauben, dass du die Wahrheit scheust.«

»Naike, ich werde auf alle deine Fragen antworten, auch dann, wenn es mir schwerfallen sollte.«

»So höre also!«

Miya zögerte einen Augenblick, als suche er die richtigen Worte, und niemand unterbrach das Schweigen.

»Saviya, sprich aufrichtig zu mir. Wusstest du, dass deine Tochter Arniko liebte?«

»Ja«, antwortete Saviya ohne zu zögern.

Ein Gemurmel erhob sich.

»Du wusstest es!«

»Ja«, antwortete Saviya noch einmal.

»Hast du es deinem Rom gesagt?«

»Nein, ich habe es ihm nicht gesagt.«

»Warum nicht?«

»Ich kannte nur zu gut den Hass, den Fero gegen Arniko empfand.«

»Zumindest hättest du ihn warnen müssen.«

Saviya schwieg.

»Saviya«, fuhr der Stammesälteste fort, »du hast deine Pflicht als Mutter nicht erfüllt.«

»Meine Pflicht war, Parni in ihrem Kummer zu trösten.«

»Und dieser Kummer hat sie getötet. Du bist verantwortlich für ihren Tod.«

»Ich trage keine Verantwortung. Wenn es einen Verantwortlichen gibt, so ist es Vaya.«

»Ich? Und warum?«, unterbrach Vaya.

»Warum hast du auf der Verlobung meiner armen Parni bestanden, da sie doch vor allen und sogar vor deiner Romni geschworen hatte, dass sie deinen Sohn niemals heiraten werde? Wenn Parni sich getötet hat, so in erster Linie, um nicht Pochonas Frau zu werden, noch mehr als aus Liebe zu Arniko.«

»Hat sie dir das gesagt?«, fragte Miya.

»Nein, aber eine Mutter fühlt so etwas auch ohne Worte.«

»Uns genügt das nicht. Übrigens brauchen wir deine Meinung nicht.«

»Aber ich sage sie euch.«

»Noch nie hat eine Romni so gesprochen, wie du es tust.«

Ein bedrückendes Schweigen trat ein. Dann wandte sich Miya von neuem an Fero: »Als deine Tochter sich erstach, hat sie dir, bevor sie starb, gesagt, dass sie Arniko liebe?«

»Ja.«

»Arniko! Da haben wir die wahre Ursache ihres Unglücks.«

Aber Saviyas kühne Stimme erhob sich: »Ihr braucht nur einen Schuldigen, weil ihr euch rächen wollt. Dafür habt ihr Arniko gewählt. Aber er trägt keinerlei Verantwortung.«

»Und du verteidigst ihn, weil er zu deiner Verwandtschaft gehört. Gut, ich weiß noch nicht, ob er schuldig ist. Mein Stamm und ich werden darüber befinden. Ich stelle jetzt eine letzte Frage an alle. Wer hält Arniko für unschuldig?«

»Ich«, sagte Saviya.

Aber sie war die Einzige.

»Und jetzt sollen jene sprechen, die Arniko für schuldig halten.«

»Ich! ich!«, erwiderten mit einem Schrei alle anderen.

»Saviya«, nahm noch einmal Miya das Wort, »glaubst du noch immer, dass Arniko unschuldig ist?«

»Jene, die geantwortet haben, wissen gar nichts.«

»Sie haben geurteilt.«

»Ihr Urteil ist ohne Bedeutung.«

Miya beendete diese Diskussion, die allen Gesetzen der Roms widersprach. Nun wandte er sich an Fero: »An dir ist es, die Entscheidung zu fällen.«

»Arniko darf nicht weniger leiden als Parni: er muss mit dem Tode bestraft werden.«

»Eben das wünschen wir alle. Aber wie sollen wir zum Ziele gelangen? Die Ilikesti sind zahlreicher und stärker als wir.«

Wir zürnen nicht den Ilikesti, sondern nur Arniko.«

»Arniko angreifen heißt aber, seinen ganzen Stamm angreifen.«

»Was wir nicht durch unsere Kraft erreichen können, lässt sich mit List erreichen.«

»Erklär uns das, Fero!«

»Ganz einfach. Die Ilikesti haben uns als Freunde verlassen. Von Parnis Tod wissen sie nichts und glauben daher, dass wir noch immer ihre Freunde sind. Wir werden einige der Unsrigen auf die Suche nach ihnen schicken. Sobald sie die Ilikesti entdeckt haben, werden sie sie beobachten, wobei sie sich selbst verborgen halten. Und wenn Arniko einen Augenblick allein ist, werden sie ihn töten.«

»Du willst also gewissermaßen eine Strafexpedition ausschicken?«

»Ja.«

»Wer soll sie anführen?«

»Mein Sohn Prasniko.«

»Ich bin mit Freuden bereit«, sagte dieser, als er seinen Namen hörte.

»Und ich werde dir bis in den Tod folgen«, rief Pochona.

»Wir auch«, schrien mehrere andere Roms.

»Wie viele können gehen?«, fragte Miya.

»Hört zu«, sagte Fero, »wir sind hier fünfundzwanzig kräftige Roms. Indessen können nicht alle mitgehen. So mögen die Ältesten hier bleiben – Miya, Vaya und ich. Ihr seid dann immer noch zweiundzwanzig.«

»Zweiundzwanzig gegen einen, der fast noch ein Kind ist!«, konnte sich Vaya nicht enthalten zu sagen.

»Das ist nicht zu viel«, antwortete Fero. »Wir haben selbst

gesehen, wie mutig Arniko ist. Er wird sich zu verteidigen wissen.«

»Und wenn er nicht in die Falle geht?«

Das ist unwahrscheinlich. Aber dann würde Prasniko allein zu den Ilikesti gehen. Er wird ihnen alles erklären. Das Gesetz der Roms erlaubt, zwei Feinde einander gegenüberzustellen. Der Sieger, welcher es auch sei, wird sogar von seinen Feinden respektiert werden.«

»Prasniko wird unterliegen.«

»Nicht mit dem, was ich ihm sagen werde.«

»Und wenn Prasniko auch mit dem, was du ihm sagen wirst, den Kampf verlöre?«

»Dann würden wir glauben, dass wir falsch geurteilt haben und dass Arniko unschuldig ist.«

»Ich sehe also, du bist deines Sohnes sicher.«

»So sicher wie meiner selbst!«

Aber noch einmal ergriff Saviya das Wort: »Ich werde nicht zulassen, dass man das Leben meines Sohnes aufs Spiel setzt!«

»Es wird nicht aufs Spiel gesetzt«, antwortete Fero. »Prasniko läuft keinerlei Gefahr. Übrigens wird Vasilka ihn begleiten.«

Der Stumme gab mit dem Kopf ein Zeichen, dass er voller Dankbarkeit den Vorschlag seines Vaters annähme.

»Wenn Prasniko auszieht, werde ich mit ihm ausziehen«, unterbrach Saviya.

»Aber du wirst wahnsinnig, Saviya!«

»Ich würde es werden, wenn ich nach meiner Tochter auch meinen Sohn verlieren sollte!«

»Nun aber genug!«, schrie Fero. »Du gehörst zum Stamm der Ilikesti, und wir haben deinen Rat nicht nötig. Prasniko, Pochona, Vasilka und all die anderen werden morgen aufbrechen, wie es beschlossen wurde. Du wirst Prasniko nicht folgen; denn wenn du ihm folgtest, würden alle Mütter unseres Stammes verlangen, ihrem Sohn zu folgen. Was geschähe dann? Das wäre nicht mehr eine Expedition, sondern eine

Kriegserklärung an die Ilikesti, und wir würden besiegt werden und vernichtet.«

Diese klugen Worte Feros fanden allgemeine Billigung.

Saviya konnte nicht antworten. Sie war eine Frau. Sie brach in Tränen aus.

Am anderen Morgen, in aller Frühe, machte sich die Expedition auf den Weg, um die Ilikesti zu suchen. An ihrer Spitze stand Prasniko, der im Laufe der Nacht tausend gute Ratschläge empfangen hatte.

14 Arnikos Kraft

Auf einem der schwarzen Pferde der Ilikesti ritt Arniko durch den Wald. Alle seine Gedanken waren bei Parni.

»Und wenn ich hundert Jahre alt würde«, seufzte er, »könnte ich sie nicht vergessen.«

Die kluge Tereina verstand diesen großen Kummer nicht, Nach ihrer Meinung gab es unter den Mädchen des Stammes genug anmutige und wohlhabende Cousinen, die Arniko zur Frau nehmen konnte. Aber er wollte nichts davon hören.

»Das tut mir zu weh«, sagte er, ein für allemal.

So ritt er jeden Tag in den Wald, wo ihn niemand fragte, warum er seinen Frohsinn verloren habe und nicht mehr lächle. Und in der Dämmerung des Waldes glaubte er Parnis Gesicht zu entdecken.

Er hatte seit einer Stunde das Lager verlassen, als er plötzlich im Gras einer Lichtung einen Mann liegen sah. Arniko stieg vom Pferde, band es an einen Baum und neigte sich über diesen Unbekannten, dessen Gesicht blutbespritzt war, der aber noch sprechen konnte.

»Was ist Ihnen zugestoßen? Sind Sie verletzt?«

»Ich bin von Banditen überfallen worden. Es sind mindestens zwanzig.«

»Warum hat man Sie angegriffen?«

»Ich weiß es nicht. Gestohlen haben sie mir nichts. Ich bin ein Kaufmann aus Bukarest und heiße Michael.«

»Wo sind sie geblieben?«

»Ich ahne es nicht, aber weit können sie nicht sein.«

»Sind sie wortlos über Sie hergefallen?«

»Nein, sie haben gesprochen. Aber in einer Sprache, die ich nicht verstehe. Ich denke, es waren Zigeuner.«

»Zigeuner?«

»Ja, ganz sicher.«

Arniko war sprachlos vor Überraschung. In dieser Gegend gab es nur die Ilikesti, und die hatte er erst eben verlassen. Sie waren alle im Lager. Konnte es hier andere Roms geben, ohne dass er es wusste?«

Im gleichen Augenblick ertönten Schreie hinter den Bäumen.

»Das sind sie«, sagte Michael voller Schrecken.

Arniko lief schnellstens zu seinem Pferd. In ein paar Sekunden hatte er es losgebunden und saß im Sattel.

Als er sich umwandte, war seine Überraschung groß: überall zwischen den Bäumen standen Minesti, und an ihrer Spitze erkannte er Prasniko und Pochona.

»Was wollt ihr von mir? Ich bin Arniko«, schrie er ihnen zu, da er ein Missverständnis vermutete.

Nun kam Prasniko näher.

»Höre, Arniko, ich will ganz offen mit dir reden. Du bist es, den wir suchen. Wir sind zweiundzwanzig und du bist allein. Ich fordere dich auf, dich uns zu ergeben.«

»Ich begreife nicht, Prasniko, was du wünschst. Haben wir uns nicht als Freunde verlassen? Nur ein besiegter Feind könnte sich ergeben.«

»Arniko, später wirst du verstehen, warum wir gekommen sind, dich zu holen. Heute ist es sinnlos, dass du dich schlägst. Wir wissen, du bist tapfer und mutig. Aber wir sind zu viele. Noch einmal fordere ich dich auf: ergib dich!«

Arniko erkannte, dass die Minesti entschlossen waren und dass es sinnlos wäre, länger mit ihnen zu verhandeln.

»Prasniko, ich weiß nicht, was ihr gegen mich habt. Aber wenn ihr mich entführen wollt, müßt ihr mich erst ergreifen. Ihr seid zweiundzwanzig und ich bin allein: Gut, ich nehme die Herausforderung an.«

Und er packte das Gewehr, das ihm Baron Tilesco geschenkt hatte und das er immer bei sich trug. Arnikos Mut war wirklich groß; denn das Geheimnis seiner Stärke kannte er ja nicht.

»Es sei denn«, sagte Prasniko. »Wenn du im Kampfe fällst, so war es dein Wille.«

Sogleich legte Pochona zwei Finger an den Mund und ließ einen Pfiff ertönen.

Auf dieses verabredete Zeichen stürzten sich alle Minesti mit erhobenen Knütteln auf Arniko. Der hatte sich auf seinem Pferd aufgerichtet, an dem er sich nur noch mit den gepressten Knien festhielt, und begann sein Gewehr, das er beim Lauf gepackt hatte, wie eine Keule zu handhaben.

Sofort stürzten mehrere Männer zu Boden.

Auf Befehl Pochonas ließen die anderen, die verschont geblieben waren, ihre Peitschen sausen. Aber Arniko, der sein Pferd ganz in der Gewalt hatte, konnte sich mit einem Sprung aus der Reichweite dieser gefährlichsten Waffe der Roms retten. Dann jagte er seinTier mit größter Schnelligkeit auf die Gruppe der Angreifer zu, und von neuem stürzten Männer zu Boden, blutüberströmt.

Prasniko selbst war gefährlich verletzt.

Pochona, der als vorsichtig galt, fragte sich, ob nicht die Stunde zum Rückzug gekommen sei.

Flammenden Auges kämpfte Arniko noch immer mit der gleichen Wut. Jetzt erreichte er Pochona, obwohl der sein Messer gezogen hatte. Pochona stürzte zu Boden. Nun sahen die Roms, die noch nicht verletzt oder getötet waren, dass sie keinen Anführer mehr hatten. Da wurden sie von wilder Angst ergriffen und glaubten, dass sie es mit einem Mann zu tun hätten, der übernatürliche Kräfte und die Hilfe der Geister zur Verfügung habe. Obwohl sie Gefahren gewöhnt waren, flohen sie daher in alle Richtungen auseinander und stießen Schreckensschreie aus.

So war Arniko binnen kurzem Herr des Schlachtfeldes. Sein

Sieg war vollkommen, und er fühlte sich nicht einmal erschöpft. Mit einer für sein Alter erstaunlichen Kaltblütigkeit wollte er nun die Ursachen dieses Kampfes kennen lernen. Darum entschloss er sich, einen seiner Gegner gefangenzunehmen. Er ließ sein Pferd mitten auf dem Wege halten, packte einen der Flüchtenden um den Leib und warf ihn vorn über den Sattel.

Dann ließ er die Zügel schießen, und das Tier, dessen Fell mit Schweißtropfen bedeckt war, eilte im Galopp zum Lager zurück.

Als der Kaufmann aus Bukarest sah, dass niemand sich mehr um ihn kümmerte, erhob er sich trotz seiner Verwundung und entfernte sich, ohne dem Manne gedankt zu haben, der ihn gerettet hatte.

15 *Die Erklärung*

Arniko war nicht im Zweifel: Die Minesti hatten es auf sein Leben abgesehen. Das bewies ihm auch die Tatsache, dass sie einen rumänischen Kaufmann, den sie für ein Mitglied des Stammes der Ilikesti hielten, gefoltert hatten.

Unerklärlich blieb ihm aber, weshalb die Minesti versucht hatten, ihn zu töten. Welches Unrecht hätte er ihnen denn zugefügt? Sein Gedächtnis sagte ihm, dass er sie als Freunde verlassen hatte. Arniko wollte keinesfalls länger im ungewissen bleiben. Er würde seinen Gefangenen zwingen, ein Geständnis abzulegen.

Als er ins Lager der Ilikesti kam, begab er sich zur Chera von Ilika, und bevor er vom Pferd stieg, warf er den Minesti grob zu Boden. Der Unglückliche glaubte, dass seine letzte Stunde gekommen sei. Aber er wollte mutig sterben. Er erhob sich, auf grausame Martern gefasst. Nicht einen Augenblick dachte er an die Möglichkeit, dass die Ilikesti ihm das Leben lassen könnten.

Bei Arnikos Erscheinen trat Ilika aus seiner Chera. Rasch versammelten sich die anderen Ilikesti hinter ihm. Niemand begriff Arnikos Auftreten, das so ganz ungewohnt war.

»Was soll das alles bedeuten?«, fragte Ilika fast streng.

»Kaku, ich werde dir alles erklären. Aber wir wollen ins Zelt gehen. Komm auch herein«, befahl Arniko mit zorniger Stimme dem Rom der Minesti.

Als alle in der Chera versammelt waren, zeigte Arniko mit dem Finger auf den Minesti und sprach dann zu Ilika: »Kaku, erkennt Ihr diesen Mann?«

»Ja«, erwiderte Ilika, »das ist Terkari, der dritte Sohn von Miya.«

»Richtig, und dieser Mann und sein ganzer Stamm haben versucht, mich zu ermorden. Stimmt es, Terkari?«

Der neigte den Kopf.

Ilika hörte und beobachtete mit größter Aufmerksamkeit. Jetzt sagte er einfach zu Arniko: »Fahr fort!«

»Sie waren im Wald, ungefähr sieben oder acht Kilometer von hier. Sie beobachteten genau unser Kommen und Gehen. Ein bedauernswerter Kaufmann aus Bukarest kam des Weges. Sie hielten ihn für einen der Unsrigen und stürzten sich auf ihn. Sie haben ihn gefoltert und hätten ihn ohne Zweifel getötet, wenn sie nicht ihren Irrtum erkannt hätten.«

Terkari gab zustimmende Zeichen mit dem Kopf.

»Ich habe ihn halb tot gefunden. Er begriff nicht, warum diese Fremden ihn hatten töten wollen. Er sagte mir, dass es Roms wären. Aber ich konnte nicht glauben, dass die Minesti hier wären. Während er noch sprach, kamen sie heran, und Prasniko, Feros Sohn, forderte mich ohne irgendeine Erklärung auf, mich ihnen zu ergeben. Ich war allein.«

»Und was hast du getan?«, fragte Ilika.

»Ich habe abgelehnt.«

»Da hast du recht gehandelt. Fahre weiter mit deinem Bericht!«

»Dann habe ich also gegen sie gekämpft.«

»Sie waren zahlreich?«

»Wenn ich es dir sagen würde, Kaku, würdest du mir nicht glauben. Frag lieber Terkari.«

»Wir waren zweiundzwanzig«, antwortete dieser, ohne abzuwarten, bis Ilika ihm die Frage stellte.

»Und in solcher Zahl wagtet ihr es, einen einzelnen Mann anzugreifen?«

Terkari stieg die Schamröte ins Gesicht. Stumm neigte er den Kopf.

»Erzähle weiter, Arniko!«, sagte Ilika, den dieses Abenteuer, ebenso wie alle Anwesenden, aufs Lebhafteste überraschte.

»Die Minesti glaubten, leicht mit mir fertigzuwerden. Aber sie hatten weder an mein Pferd gedacht noch an mein Gewehr, dessen ich mich wie einer Keule bediente. Statt ihren Angriff abzuwarten, habe ich als Erster angegriffen. Nach einer Viertelstunde harten Kampfes hatte ich wohl zehn von ihnen getötet oder schwer verletzt. Als Prasniko und Pochona zu Boden gesunken waren, ergriffen die Übrigen die Flucht. Ich habe den nächsten Besten bei den Schultern ergriffen und ihn hierher geschleppt, damit wir ihn ausfragen können. Ich habe gesprochen.«

»Stimmt das alles so?«, fragte Ilika von neuem Terkari.

»Ja«, antwortete dieser.

»Und jetzt, Kaku«, fuhr Arniko fort, »muss uns, wenn du gestattest, Terkari sagen, warum die Minesti uns einzeln angreifen wollten, statt hierher zu kommen und mit uns zu kämpfen, wie das Gesetz der Roms es vorschreibt.«

»Antworte, du jämmerlicher Feigling!«, schrie Ilika mit drohender Miene.

Terkari antwortete nicht.

Jetzt sagte Arniko zu Ilika so laut, dass Terkari ihn hören konnte: »Kaku, ich begreife Terkaris Schweigen. Er glaubt, sein Los werde das gleiche sein, ob er nun antworte oder nicht, denn er werde auf jeden Fall zum Schluss getötet werden.«

»Und er hat recht, denn so wird es sein«, unterbrach Ilika.

»Nein, Kaku, ich bitte dich. Wenn er die Wahrheit sagt, so verspreche ich ihm Leben und Gesundheit, und er wird in Frieden zu den Seinen zurückkehren.«

Terkari zuckte die Achseln. Nach seiner Ansicht würde Arniko niemals ein Versprechen von so einzigartiger Großherzigkeit halten.

»Du antwortest noch immer nicht, Terkari?«, fragte Arniko.

»Nein.«

»Du weißt, was dir droht, wenn du dich weigerst?«

»Der Tod, aber ich fürchte ihn nicht.«

»Wer hat dir vom Tod gesprochen? Kaku Ilika. Aber das geschah in einem Augenblick der Wut. Du weißt gut genug, dass es Schlimmeres gibt als den Tod. Im Gegenteil, du wirst am Leben bleiben. Aber ich schwöre dir auf den Kopf aller meiner Stammesbrüder: Wenn du dabei verharrst, nicht zu antworten, so wirst du in Acht und Bann getan.«

Bei diesen entsetzlichen Worten fiel Terkari auf die Knie, weinte und flehte: »Das wirst du nicht tun!«

»Und wer sollte mich daran hindern?«

Terkaris Angst war ungeheuer. »Nein«, flehte er von neuem, »das wirst du nicht tun.«

Und da er wusste, dass Arniko sein Wort halten würde, so fügte er mit Tränen in den Augen hinzu: »Höre, Arniko, töte mich lieber; ich werde glücklich sein und deinen Namen segnen!«

Welch grausames Los, schlimmer als der Tod, war Terkari bestimmt?

Die tausendjährige Strafe, die schlimmste, die ein Zigeuner seinem verhassten Feinde auferlegen kann.

Und doch erscheint alles am Anfang gar nicht tragisch. Es genügt, dass, auf Beschluss des Stammes, eine verheiratete Frau von ihrem Kleid ein Stück Stoff abreißt und es dem verurteilten Rom an den Kopf wirft. Damit ist dieser für immer von allen Stämmen ausgeschlossen. Kein Mensch auf der Welt, auch nicht seine Frau oder seine Kinder und nicht einmal seine Mutter werden künftig das Wort an ihn richten. Niemand wird ihn an seinem Tisch empfangen. Berührt er einen Gegenstand, so erfordert das geheiligte Gesetz, dass dieser, so wertvoll er sein mag, vernichtet oder verbrannt wird. Für alle ist der mit dem Bann Belegte schlimmer als ein Leprakranker.

Es hätte auch niemand den Mut, ihn zu töten, um sein Elend zu beenden; denn wer sich ihm auch nur nähert, läuft Gefahr, selbst in den Bann getan zu werden.

Ja, der Geächtete ist noch am Leben; aber für sein ganzes Volk ist er tot.

Hat er einmal aufgehört zu leben, so wird niemand sich mit seiner Beerdigung befassen, und niemand wird ihn zu seiner letzten Ruhestätte begleiten. Man wird sich bemühen – wenn die Seelen es können! –, den Geächteten möglichst rasch zu vergessen.

»Beim Leben meiner Kinder«, sagte Terkari, »ich werde auf deine Fragen antworten, wenn du mir versprichst, dass ich nicht geächtet werde.«

»Ich werde dich nicht nur nicht ächten, sondern du wirst frei zu den Deinen zurückkehren können. Denn wisse, welches auch deine Antworten sein werden, wir werden die Minesti aufsuchen, und vorher werde ich dich damit beauftragen, ihnen eine Botschaft zu überbringen. Bist du nun bereit, zu sprechen?«

»Ich bin es.«

»Gut, warum also hassen uns die Minesti? Antworte mir genau, sonst müssen wir dir den Eid auferlegen.«

Terkari fragte sich, woher ein so junger Mensch die Gesetze und Bräuche der Roms so genau kennen könnte. Indessen hatte er eine Chance, mit dem Leben davonzukommen, und so entschloss er sich zu antworten: »Es sind nicht die Ilikesti, denen die Minesti Hass entgegenbringen.«

»Wem denn sonst?«

»Dir, Arniko.«

»Mir? und warum?«

»Arniko, stell dich nicht unwissend.«

»Ich schwöre dir bei dem, was mir am heiligsten ist, dass ich es nicht weiß.«

Terkari erhob die Augen zu denen des jungen Menschen und erkannte an seinem Blick, dass er aufrichtig war. Dann sagte er: »Unsere Parni ist tot.«

»Mein Gott, ist das möglich?«

Terkari schwieg. Alle Ilikesti waren überrascht. Arniko meisterte seinen Schmerz und fragte sofort weiter: »Wie ist sie gestorben?«

»Sie hat sich getötet ...«

»Und natürlich vermuten die Minesti, dass sie sich meinetwegen getötet hat.«

»Sie vermuten es nicht. Sie haben die Gewissheit. Ich selbst, der ich zu dir spreche, war dabei, ganz nahe bei Parni, als sie, unmittelbar vor dem Tode, sagte, sie habe sich um deinetwillen getötet.«

Arniko wollte seinen Ohren nicht trauen. »Aber selbst wenn Parni sich um meinetwillen getötet hat«, sagte er, »so bin ich daran nicht schuld. Und da wir alle Roms sind, hätten die Minesti kommen können, um mich zu befragen.«

»Die Minesti haben geglaubt, dass Parni dir angehört hat. Und da du ein Rom bist, so kennst du die Sühne für ein solches Verbrechen.«

»Ich schwöre vor Gott, dass ich an Parni niemals andere Worte gerichtet habe als jene, die ich in Anwesenheit ihres Vaters zu ihr gesprochen habe.«

»Die Minesti haben anders geurteilt.«

»Sie sind wahnsinnig, wahnsinnig! Und da haben wir das Ergebnis ihres Wahnsinns: Tote und Verwundete! – Ist das alles, was du zu sagen hast?«

»So ungefähr. – Am Tag von Parnis Beerdigung – das ist etwa einen Monat her – versammelte sich mein Stamm und beschloss, eine Expedition auszusenden, um dich zu bestrafen. Unser Auftrag lautete, dich im Wald zu töten und dich zu verscharren, ohne dass die Ilikesti es merkten.«

»Die Minesti sind Feiglinge«, schloss Arniko.

Terkari senkte die Augen.

»Kaku, für mich ist es fertig«, erklärte Arniko. »Wenn Ihr Eurerseits Fragen zu stellen habt, so tut es!«

»Ich wüsste keine. Es ist wahrlich alles geklärt!«

»Was soll also geschehen, Kaku?«

»Hast du nicht Terkari gesagt, du würdest ihn mit einer Botschaft zu den Minesti schicken?«

»Ja, das sagte ich.«

»Und wie lautet die Botschaft?«

»Sie zu benachrichtigen, dass wir zusammen mit unseren Vettern, den Vegesti und den Merkesti, in drei Tagen bei ihnen erscheinen werden, um die Kris walten zu lassen.«

»Das ist das Klügste, Arniko.«

»Hast du gehört, Terkari?«

»Ja.«

»Was wirst du also deinem Stamm sagen?«

»Dass in drei Tagen die Ilikesti, die Vegesti und die Merkesti zu den Minesti kommen werden, um die Kris walten zu lassen.«

»Und jetzt lauf, du bist frei.«

Ohne länger zu zögern verschwand Terkari aus der Chera und dankte Gott, dass er weder tot noch geächtet war.

16 *Tekla*

Wie gewöhnlich hatten sich die Minesti, die im Lager geblieben waren, in Feros Chera versammelt. Von Männern waren nur Fero und seine beiden Brüder, Miya und Vaya, anwesend. Aber alle Romnia waren da. In ihrer Mitte saß Tekla, die Zauberin des Stammes, mit gekreuzten Beinen, vor sich eine Schüssel, die zur Hälfte mit Wasser gefüllt war.

Die Zauberin erforschte auf diese Weise die Zukunft. Trotz großer Ungeduld verharrten die Anwesenden in respektvollem Schweigen. Kaum vernahm man den unruhigen Atem der Romnia. Tekla, deren altes Gesicht zerfurcht war, so dass die Nächststehenden jede Runzel wahrnehmen konnten, beobachtete mit größter Aufmerksamkeit den Spiegel des Wassers.

Plötzlich hob sie die Hände in die Luft und verkündete die Weissagung: »Das Wasser ist dunkel! ... Das Wasser ist schwarz! Nein nein, es ist blau! ... Jetzt rötet es sich. Es ist rot, rot!«

Miya und Fero, die neben ihr standen, beugten sich über die Schüssel und sahen wie sie, dass das Wasser eine rote Farbe annahm, ähnlich wie Blut. Durch welches Wunder? Wir haben keine Erklärung dafür.

»Was siehst du in diesem Wasser?«, fragte Miya.

»Das ist kein Wasser mehr, es ist Blut«, erwiderte die Zauberin.

»Blut!«, schrien mehrere Frauen gleichzeitig.

»Ja, Blut! Taucht eure Hände in die Schüssel und ihr werdet es sehen!«

Fero tat so, Er tauchte seinen rechten Zeigefinger in die Flüssigkeit und fühlte die warme Berührung von Blut. Er zog seinen Finger zurück, und der rote Fleck auf seiner Haut war fast geronnen.

»Ja, das ist wirklich Blut!«, sagte er. »Wie kann so etwas geschehen?«

Darauf hatte Tekla nicht zu antworten. Sie wahrte ihr Geheimnis. Und wehe dem, der versuchen wollte, es ihr zu entreißen!

»Das Blut«, verkündete sie jetzt mit ernster Stimme, »bedeutet Unheil für die Unsrigen.«

»Was willst du damit sagen?«, fragte Miya.

»Ihr habt gewollt, dass ich die Geister befrage, damit wir das Schicksal der Expedition erfahren. Die Geister zeigen uns, dass es Blut gibt.«

»Willst du damit sagen, dass unseren Kindern Unglück zugestoßen sei?«

»Es ist ihnen Unglück zugestoßen.«

»Bist du sicher? Kannst du dich nicht täuschen, Tekla?«

Wie sehr hätte Tekla gewünscht, sich zu täuschen!

»Vielleicht ist es das Blut unseres Feindes?«

»Nein, nein, Miya. Ich kann kein anderes Blut sehen als jenes, das zu sehen ich von den Geistern verlangt habe.«

Miya sah seine Brüder an. Gewiss, es war schon ein Monat vergangen, seit die Expedition aufgebrochen war, und man hatte keine Kunde von ihr. Aber war es möglich, dass das Glück gegen sie gewesen wäre? Fero und Vaya schwiegen.

Draußen begann es zu dunkeln, als plötzlich ein Savoro rief: »Die Roms! die Roms kommen!«

Fast alle eilten aus der Chera und erkannten die Minesti, die sich näherten. Es waren etwa zehn, nämlich jene, die Arniko verschont hatte. An ihrer Spitze gingen mühsam Pochona und Prasniko. Fero eilte ihnen entgegen. »Wo sind die anderen?«, schrie er ihnen zu.

Statt einer Antwort senkte Prasniko den Kopf. »Ich frage dich, Prasniko, wo die anderen sind!«

»Tot«, sagte er einfach.

»Und dein Bruder Vasilka?«

»Wie die anderen …«

Tot! Und er … Arniko?«

»Er ist uns entwischt.«

»Und du kommst lebend zurück!«

»Ja, Vater. Ich wäre tot, hätte Pochona mich nicht gerettet. Und wenn ich bereit war, zu überleben, so nur, um meinen Bruder zu rächen, der in dieser seltsamen Schlacht gefallen ist.«

»Wir wollen in die Chera gehen, du wirst uns alles erklären.«

Große Bestürzung malte sich auf allen Gesichtern. Die Romnia weinten.

Prasniko erzählte, was sich vor zwei Tagen ereignet hatte. Er berichtete von den Toten und den Verwundeten und auch von ihrer Flucht. Am Abend waren sie dann noch einmal zurückgekommen, um ihre Gefallenen in der Lichtung zu begraben.

»Den Leichnam von Terkari haben wir nicht gefunden. Was aus ihm geworden ist, ob auch er tot ist oder noch am Leben, weiß niemand.«

Mit diesen Worten beendete Prasniko seinen tragischen Bericht.

Nun rangen die Frauen die Hände, stießen Wehrufe aus und beklagten die Schande. Aber Fero befahl ihnen zu schweigen und wandte sich an Miya: »Was denkst du über diese Geschehnisse?«

»Dass wir es mit einem Dämon zu tun haben!«

»Das ist auch meine Ansicht. Aber Arniko ist nicht allein. Die Ilikesti werden sich mit diesem Ausgang nicht zufrieden geben.«

»Das ist nur zu wahrscheinlich. Wir müssen also entscheiden, was wir tun werden.«

»Unglücklicherweise ist alles entschieden«, sagte Vaya, der

jetzt zum erstenmal das Wort ergriff. »Ein Einzelner von ihnen hat zehn der Unsrigen getötet. Was können die, die uns geblieben sind, gegen alle Ilikesti ausrichten?«

»Ihr wolltet euch rächen«, rief ihnen Saviya zu, deren Augen voller Tränen standen. »Jetzt seid ihr gut gerächt! Und ich verliere meinen Vaniska, als ob es für meinen Schmerz nicht genügt hätte, dass ich meine arme Parni niemals wieder sehen werde!«

»Auch unsere Söhne sind tot«, seufzte Miya.

»Wer trägt die Schuld?«

»Arniko!«

»Nein, es ist eure Schuld. Hättet ihr nicht diese sinnlose Expedition ausgeschickt, so wären eure Söhne und mein Sohn jetzt unter uns.«

»Hört nicht auf diese Frau, sie wird wahnsinnig«, sagte Fero voller Zorn.

Und Saviya erwiderte: »Es gibt Grund genug, wahnsinnig zu werden.«

Aber Miya war der Ansicht, dass es galt, ohne Zögern einen Entschluss zu fassen.

»Wenn wir noch lange hier bleiben, werden wir alle getötet werden. Lasst uns weiterziehen!«

»Wohin denn?«, fragte Vaya.

»Die Welt ist groß. Wir können zum Beispiel nach Österreich gehen.«

»Ganz gleich, in welcher Gegend wir sein werden – früher oder später werden wir den Ilikesti unsere Schuld zahlen müssen!«

»Ja, gewiss. Aber besser später als jetzt. Wir können bis dahin andere Stämme für unsere Sache gewinnen und dann wenigstens gleich zu gleich mit ihnen kämpfen.«

»Das ist richtig. Aber die Ilikesti haben nicht nur die Stärke auf ihrer Seite, sondern auch die Gerechtigkeit.«

»Ein Grund mehr, vor ihnen zu fliehen.«

»Vielleicht ist das eine gute Lösung.«

»Ich glaube, es ist die einzig mögliche«, sagte Fero.

»Wann brechen wir auf?«

»Morgen, bei Tagesanbruch«, entschied Miya.

»Einverstanden«, sagten Vaya und Fero.

Aber dann fügte Vaya hinzu:»Man muss Tekla um ihre Meinung fragen.«

Seit der Rückkehr der Männer hatte die Zauberin kein Wort mehr gesprochen. Sie wartete, dass jemand ihr eine Frage stelle.

»Was hältst du von alledem, Tekla?«, fragte nun Miya.

»Ich denke, es ist zu spät, um sich zurückzuziehen«

»Um Gottes willen, erkläre dich genauer!«

»Unnütz, das zu erklären. Bevor der morgige Tag anbricht, wirst du alles begreifen.«

»Wir warten auf deine Antwort, Tekla.«

»Wartet nicht auf meine Antwort. Von einem anderen werdet ihr sie erhalten.«

»Und von wem?«

»Ich habe dir gesagt, von einem anderen.«

»Aber von wem denn, Tekla?«

»Das weiß ich nicht. Aber ich weiß, dass er in diesem Augenblick schon unterwegs ist. Er kommt hierher.«

»Vielleicht ist es Arniko.«

»Nein, nein, er ist von unserem Blut. Es ist ein Verwandter.«

Nach diesen Worten verfiel die Zauberin der Minesti in Schweigen.

Es wurde also beschlossen, dass jeder in seine Chera zurückkehre und dass niemand sich schlafen lege. Alle hatten die Waffen bereitzuhalten …

Sanft hatte sich die Nacht über die Erde gesenkt. In den schweigenden Zelten brannten die Kerzen. Nichts ereignete sich.

Plötzlich, kurz vor Tagesanbruch, hob sich die Wand der Chera, in der Miya mit seinen beiden überlebenden Söhnen wachte. Die drei Männer, zutiefst erschrocken, glaubten, ein

Gespenst vor sich zu sehen. Vor ihnen stand Terkari und sah sie an. Und Terkari war doch verschollen!

Miya hatte sich aufgerichtet. Er hielt die Hand über die Augen. Zu sprechen wagte er nicht.

Mit einem Lächeln beruhigte sie Terkari:»Ich verstehe euer Erschrecken. Ihr glaubtet, ich sei tot.«

»Ja«, erwiderten sie.

»Nun, ich bin es nicht.«

»Und wo warst du?«, fragte ihn einer seiner Brüder.«

»Bei den Ilikesti.«

»Was? Und du kommst lebend zurück?«, rief Miya aus.

Terkari erzählte mit allen Einzelheiten, was sich seit seiner Entführung durch Arniko zugetragen hatte, bis zu der Botschaft, mit der man ihn betraut hatte.

»Und du sagst, dass die Ilikesti in drei Tagen kommen wollen?«

»Ja, aber es sind fast zwei Tage vergangen, seit ich sie verlassen habe. Morgen werden sie hier sein.«

»Wir sind verloren. Iska, geh und rufe den ganzen Stamm zusammen. Bitte sie, sich sofort bei Fero einzufinden, und vergiss nicht, Tekla zu benachrichtigen. Ihre Ratschläge können uns nützlich sein.«

Iska, Miyas ältester Sohn, machte sich sofort auf den Weg. Begleitet von seinen beiden anderen Söhnen, trat auch Miya aus seinem Zelt.

Bei Fero schlief niemand mehr. Tekla rauchte in der Nähe des Feuers ruhig ihre Pfeife. Als Miya und die jungen Leute eintrafen, hob sie den Kopf und sah Terkari an. Aber sie sprach nicht. Immer wartete sie, dass man sie befrage.

»Ist das der Mann, dessen Kommen du uns angekündigt hast?«, fragte Miya.

»Ja, und die anderen werden nicht auf sich warten lassen.«

»Sind das auch Verwandte?

»Keineswegs.«

»So sind es also die Ilikesti!«

Nach und nach hatte sich die Chera mit den Roms und den Romnia gefüllt, denen Iska die Kunde von Terkaris Rückkehr gebracht hatte.

Miya ließ seinen Blick von einem zum anderen wandern, und als keiner mehr fehlte, setzte er sich und sprach zu den Seinen: »Bald werden die Ilikesti hier sein.«

»Für wann erwartest du sie?«, fragte Fero.

»Darauf soll Terkari antworten. Er muss es besser wissen als wir.«

»Wir können sie«, sagte Terkari, »zwischen dem Morgengrauen und dem Einbruch der Nacht erwarten.«

Und zum zweitenmal erzählte er sein Abenteuer. Mit tiefem Ernst hörten ihm alle zu und verfolgten Wort für Wort den Hergang der Ereignisse.

»Trotz allem können wir uns nicht einfach niedermetzeln lassen«, nahm wieder Fero das Wort. »Vielleicht werden wir alle zu Grunde gehen. Aber viele Ilikesti werden dann mit uns zu Grunde gehen.«

»Die Ilikesti«, bemerkte Terkari, »kommen nicht, um Krieg zu führen, sondern um die Kris walten zu lassen. Mit ihnen kommen die Vegesti und die Merkesti, die auch unsere Vettern sind«

»Ob zum Kriege oder für die Kris, wir werden uns schlagen müssen, und wir sind verloren«, sagte Vaya.

»Wir könnten fliehen«, erklärte Terkari.

»Daran hatten wir schon gedacht, bevor du zurückkamst, Terkari. Aber wohin? Wo wir auch wären, würden die Ilikesti uns finden, und wir hätten unsere Lage nur noch verschlimmert. Das Beste ist, hier zu warten und sich auf den Kampf vorzubereiten.«

»Die Ilikesti wollen uns nichts antun.«

Wer hat diese Worte gesprochen? Die alte Tekla! Und die Roms wissen, dass sie niemals leichthin etwas redet.

»Und warum wollen sie uns nichts antun?«, fragte Miya.

»Die Ilikesti haben nichts verloren, während wir mehrere unserer Söhne beweinen. Sie kommen, um die Kris zu verlangen, damit sie sich in den Augen aller Roms rechtfertigen und nicht die Verantwortung für den Tod unserer Kinder tragen.«

»Gleichviel«, sagte Fero, »sie haben meinen Sohn getötet. Mögen sie auch mich töten!«

Jetzt gab Miya dem Stamm seine Befehle: »Regt euch nicht auf. Jeder nehme die Waffe, die ihm zukommt, und sei bereit für einen großen und vielleicht letzten Kampf. Wir werden alle sterben. Aber den Roms der ganzen Welt werden wir zeigen, dass die Minesti zu sterben wissen. Ich schwöre es bei Feuer und Blut. Immerhin haben wir noch eine Chance, nicht zu kämpfen und infolgedessen nicht zu sterben. Ich gebe euch den Befehl, euere Waffen zu verbergen, damit die Ilikesti und jene, die mit ihnen kommen, nichts bemerken. So können wir uns den Vorteil der Überraschung sichern, wenn es notwendig werden sollte. Ihr werdet euch eurer Waffen erst bedienen, wenn ich den Befehl dazu gegeben habe.«

Aber Tekla sprach von neuem: »Ich sage es euch noch einmal: Ihr lauft keinerlei Gefahr, ausgenommen einer von euch.«

»Wer ist das? Wer?«, schrien mehrere Minesti.

»Wenn ich das enthüllte, würde es das Leben der anderen gefährden.«

17 *Die Kris*

Der Tag brach an.

Die Minesti, denen diese Nacht des Wachens, der Furcht und Angst keine Ruhe geschenkt hatte, fühlten sich wie zerschlagen von Müdigkeit. Nur die kleinen Kinder, die nichts von Gefahr wussten, hatten geschlafen.

Niemals in der Geschichte des Stammes war ihnen eine Nacht so endlos erschienen. Und für wie viele von ihnen mochte dieser Tag, der nun anbrach, der letzte sein? Die Gesichter der Männer waren düster und nachdenklich. Die Romnia weinten unaufhörlich, und niemand dachte daran, sie zu beruhigen oder ihnen Mut zuzusprechen. In wenigen Stunden schienen alle um Jahre gealtert.

Gegen Mittag tauchten in der Ferne acht Karren auf. Mit leiser Stimme, als fürchteten sie, man könnte sie hören, wiederholten die Minesti untereinander: »Die Ilikesti! die Ilikesti!«

Dann stellten sie sich in Reihen vor Feros Chera und warteten. Die Frauen, die zahlreicher waren als die Männer, standen hinter ihnen. Wie immer, wenn Gefahr drohte, hatten die Puria die Kinder in den Wald geführt, um sich dort zu verbergen.

Als die Karren vor ihren Zelten angelangt waren, standen die Minesti reglos, ohne irgendeine Bewegung. Sie waren zu Bronzestatuen geworden.

Ein wenig schwerfällig sprang aus dem ersten Wagen ein Mann. In den Augen der Minesti erglänzte ein Hoffnungsstrahl, und Vaya sagte:»Das ist Merko, unser Vetter.«

Der so hieß, war ein alter Mann, noch rüstig für sein Alter; seine Haare und der Bart glänzten von Fett.

Er näherte sich der kleinen Gruppe, welche die Minesti bildeten, und rief: »Devlesa arakar tumé Romale! (Gott sei mit euch, ihr Roms!)«

Nach alter Sitte antworteten die Minesti wie aus einem Munde: »Devlesa aves! (Gott mit dir!)«

Dann umarmte Merko Miya.

»Ihr kommt allein?«, fragte dieser.

»Die Vegesti sind vor einer Woche aufgebrochen, und wir haben sie nicht finden können.«

»Ich wusste, dass ihr kommen würdet«, sagte Miya, »aber darf ich dich fragen, warum ihr gekommen seid?«

»Du kannst dir über den Zweck unseres Besuches nicht im Unklaren sein. Wir sind hierher mit acht Wagen gekommen. In den ersten drei Wagen befinden sich die Mitglieder meines Stammes, dreißig an der Zahl. In den anderen sind die Ilikesti.«

Dieser Name ließ die Minesti erzittern. Miya senkte den Kopf und fragte: »Warum steigen sie nicht aus, um uns niederzumetzeln?«

»Das sind Worte«, sagte Merko, »von denen ich nicht möchte, dass die Ilikesti sie hören! Wenn es sich darum handeln würde, euch niederzumetzeln, so wüsste ich nicht, warum ich mit ihnen gekommen wäre. Ich schwöre euch, dass das nicht ihre Absicht ist.«

»Und was wollen sie tatsächlich?«

»Du weißt es gut! Die Kris … Werdet ihr sie ablehnen?«

»Nein, gewiss nicht.«

»Recht so, das habe ich von dir und den Deinen erwartet, Miya. Bevor ich nun die Ilikesti aus ihren Wagen steigen lasse, gib mir das Versprechen, dass nichts gegen sie unternommen werden wird.«

»Ich gelobe es dir.«

»Danke. Ich vertraue deinem Wort.«

Merko drehte sich um und gab ein Zeichen in der Richtung der Wagen. Es verging keine Minute, und mehr als sechzig

Roms waren herausgesprungen. Im Vertrauen auf Merkos Wort näherten sie sich ohne Furcht.

An der Spitze schritten Ilika und Arniko, wie beim ersten Mal, als sie den Friedensschluss zwischen den beiden Stämmen vorgeschlagen hatten.

Als Miya diesen jungen Menschen erblickte, der so viele der Seinigen getötet hatte, fühlte er seinen Augen die Tränen entströmen. Das musste schon der Teufel selbst sein, ein Kerl mit solcher Kraft! Fero seinerseits wurde derart von seinem Hass übermannt, dass es so aussah, als wollte er Arniko an die Gurgel springen.

Merko erhob die Arme und rief: »Ilikesti! Miya hat mir sein Wort gegeben, dass nichts gegen euch unternommen werden wird.«

»Du hast auch unser Wort«, antwortete Ilika.

»Hast du verstanden?«, fragte Merko, indem er sich an Miya wandte.

Mit Hand und Kopf machte Miya Zeichen, dass er verstanden hatte.

Nun mischten sich die Männer der drei Stämme ohne Sorge untereinander. Hass war in ihnen, aber sie zeigten ihn nicht. Merko, der seine Aufgabe mit tiefem Ernst erfüllte, blickte nach allen Seiten, um sich Rechenschaft zu geben, dass seine Anweisungen befolgt würden. Er selbst stand zwischen Miya und Ilika, wie um die beiden Gegner zu trennen. An Ilikas Seite befand sich Arniko; das war der Ehrenplatz, der ihm zukam. Neben Miya stand Vaya, dann Fero. Feros Sohn, Prasniko, schloss sich an, dann Pochona und die anderen Mitglieder des Stammes der Minesti. Als Merko festgestellt hatte, dass jeder den Platz innehatte, der ihm zukam, hob er beide Hände empor, um Ruhe zu verlangen, und die Roms und die Romnia schwiegen in Erwartung der Worte, die der Stammesälteste der Merkesti sprechen sollte.

»Romales!«, rief er, »ich möchte euch einige Fragen stellen.

Vetter Ilika, ist es wahr, dass du von meinem Stamm und von mir verlangt hast, mit dir zu kommen, um die Kris gegen die Minesti durchzuführen?«

»Ja.«

»Wirst du die Entscheidungen, die ich treffe, annehmen, auch wenn sie gegen dich und die Deinen ausfallen?«

»Hätte ich kein Vertrauen in deine Gerechtigkeit gehabt, Vetter Merko, so hätten wir dich nicht gewählt.«

»Ilika, ich danke dir für das Gefühl, das aus deinen Worten spricht.«

Und Merko wandte sich zu Miya.

»Und du, Vetter Miya?«

»Wir nehmen an.«

»So danke ich dir auf die gleiche Art. Indessen habe ich noch zu sagen, dass ich keiner Frau gestatten werde, zu sprechen. Wenn eine Frau etwas zu erklären hat, so mag sie es ihrem Mann, ihrem Bruder oder ihrem Vater sagen. Derjenige, den sie gewählt hat, wird uns dann Mitteilung machen. Wenn ihr nun aber meint, dass wir, die Merkesti, nicht zahlreich genug sind, um die Kris durchzuführen, so müsst ihr es sofort und ohne Furcht sagen. Dann holen wir andere Stämme herbei.«

»Euer Stamm genügt uns«, sagte Miya.

»Gut, dann wollen wir beginnen. Wenn ich einen befrage, so erwarte ich, dass er mir antwortet und nicht etwa ein anderer an seiner Stelle. Wenn ich der Meinung bin, dass er gelogen hat oder versucht hat zu lügen, so werde ich ihm die Solajas auferlegen. Noch einmal, seid ihr mit meiner Rechtsprechung einverstanden?«

»Ja, ja«, riefen Stimmen von allen Seiten.

»Wohlverstanden, ich werde die Kris so durchführen, wie ich es immer gemacht habe. Denn ich will nicht, dass die anderen Stämme der Roms sich über mich lustig machen können, weil ich eine schlechte Kris gemacht habe.«

Merko hielt inne, um zu sehen, ob jemand das Wort verlangte. Dann, mit sich selbst zufrieden, streichelte er seinen Bart und sagte: »Arniko, erzähle allen, wie du im Walde angegriffen wurdest.«

Arniko erhob sich. Während er sprach, schien er ein zweites Mal an dem tragischen Kampf teilzunehmen; die Minesti senkten die Augen, um ihn nicht zu sehen, und die Frauen schluchzten leise vor sich hin, als sie hörten, wie ihre Söhne, ihre Brüder, ihre Männer den Tod gefunden hatten. – Nachdem er geendet hatte, sagte Arniko zu Merko: »Das ist alles, Kaku.«

»Kannst du vor der Ikone schwören, dass du die volle Wahrheit gesagt hast?«

Und mit einer Handbewegung wies Merko dem jungen Mann das Heiligenbild.

»Ich schwöre es vor der Ikone«, sprach Arniko.

»Gut. Kennst du«, sagte Merko weiter, »die Roms, die entkommen sind?«

»Ja, einige. Ich sehe Pochona und Terkari. Die anderen … Ich habe auf sie nicht Acht geben können.«

»Weißt du, wer sie befehligte?«

»Terkari hat uns gesagt, dass es Prasniko war. Ich gestehe, ich bin erstaunt, ihn hier lebend zu sehen, denn ich glaubte, ihn getötet zu haben!«

»Es ist gut, Arniko, du kannst dich setzen.«

Nun blickte Merko auf Terkari und sagte zu ihm: »Jetzt bist du an der Reihe.«

Terkari erhob sich. Er zitterte. Es war offensichtlich, dass er Angst hatte.

»Als du Arnikos Gefangener warst und er dir das Leben schenkte, da hast du – das weiß ich von meinem Sohn, der in Ilikas Chera anwesend war – vielerlei Dinge erzählt. Ich möchte, dass du hier wiederholst, was du den Ilikesti gesagt hast.«

Ungeachtet seiner furchtbaren Angst, gab Terkari einen getreuen Bericht. Dann setzte er sich und weinte. Von Mitleid bewegt, verzichtete Merko darauf, ihm Fragen zu stellen. Aber er wandte sich an Miya: »Hast du alles gehört, Vetter?«

»Ja.«

»Weißt du, welche Verantwortung auf dir und deinem Stamm lastet?«

Miya verharrte in Schweigen.

Darauf wandte sich Merko an Prasniko: »Prasniko, erhebe dich!«

In stolzer Haltung stand Prasniko da, ganz anders als Terkari.

»Bist du es, der zum Führer der Expedition bestimmt worden ist?«

»Ich bin es.«

»Und wer hat dich bestimmt?«

»Mein Vater.«

»Mit welchem Recht?«

»Mit dem Recht der Rache.«

»Die Rache existiert nur im Kopf von Wahnsinnigen. – Und was haben deine Onkel, Miya und Vaya, getan, als du bestimmt wurdest?«

»Sie haben die Entscheidung meines Vaters gebilligt.«

»Sie haben schlecht gehandelt! Ihr Alter verbot ihnen, ihre Kinder auf das Schlachtfeld zu schicken. Setz dich, ich brauche dich nicht mehr.« Prasniko setzte sich.

Von neuem schaute sich Merko im Kreise um, ob jemand das Wort haben wollte. Dann wandte er sich endlich an Fero: »Fero, erhebe dich!«

»Kaku, ich kann dir auch sitzend antworten.«

»Wie du willst ... Warst du es, der Prasniko zum Führer der Expedition bestimmt hat?«

»Ja.«

»Und mit welchem Recht?«

»Mein Sohn hat es dir schon gesagt: mit dem Recht der Rache.«

»Dieses Recht existiert nicht bei den Roms. Nun erkläre mir: Was war das Ziel dieser Expedition?«

»Arniko zu bestrafen.«

»Für welches Verbrechen?«

»Für das Verbrechen, das den Tod meiner Tochter herbeigeführt hat.«

»Was, so hätte Arniko deine Tochter getötet?«

»Nein.«

»Dann verstehe ich gar nichts mehr.«

»Meine Tochter hat sich selbst getötet.«

»Wenn sie sich getötet hat, so ist das kein Verbrechen, sondern ein Freitod.«

»Ja, aber Arniko war die Ursache ihres Freitodes.«

»Bist du davon überzeugt? Gib mir einige Einzelheiten.«

»Ich schäme mich, Merko.«

»Dein Schweigen verurteilt dich.«

Fero wischte sich über die Augen, als wollte er ein Bild verscheuchen, dann sagte er: »Wir vermuteten, dass meine arme Parni Arniko angehört hat.«

»Das ist unwahr!«, schrie dieser, rot vor Zorn.

Merko sah den Augenblick gekommen, wo die beiden feindlichen Stämme übereinander herfallen könnten; er und die Seinigen hätten dann nicht die Macht, sie zu trennen. Darum erhob er sich und gebot mit lauter Stimme Ruhe. Die Roms schwiegen, und Merko konnte sein Verhör wieder aufnehmen.

»Wenn ihr mich noch weiter unterbrecht, ist es sinnlos, die Kris fortzusetzen. Dich, Arniko, muss ich bitten, nicht zu antworten, ohne gefragt zu sein – was du auch hören magst.«

»Entschuldige mich, Kaku, es war stärker als ich.«

»Es ist gut. Und jetzt kannst du sprechen. Du hast gehört, wessen man dich anklagt.«

»Kaku, ich wiederhole, dass das nicht wahr ist, und ich bin bereit, es beim Haupte meiner Mutter zu beschwören, wo und wann du es willst.«

Merko hatte keinen Zweifel, dass Arniko die Wahrheit sprach. So wandte er sich von neuem an Fero: »Du sagtest eben: ›Wir vermuteten.‹ Du warst also nicht sicher?«

»Nein.«

»Und hatte deine Frau Gewissheit?«

»Nicht mehr als ich.«

»Dann erlaubt uns nichts, zu glauben, dass deine Tochter Arniko angehört hat. Und Arniko ist bereit, darauf den Eid zu leisten.«

Fero antwortete nicht. Merko fuhr fort: »Fero, kennst du unsere Gesetze?«

»Ja.«

»Alle?«

»Fast alle.«

»Weißt du, welche Strafe einen jungen Mann trifft, der ein junges Mädchen verführt und es dann sitzen lässt?«

»Ihn trifft die Todesstrafe.«

»Du erkennst an, dass dieses Gesetz existiert?«

»Ja.«

»Wenn du vermutet hast, dass deine Tochter von Arniko verführt und dann von ihm verlassen wurde, so verdiente er also nach unseren Gesetzen den Tod?«

»Ja.«

»Wenn du das zugibst, warum hast du dann nicht einige Stämme versammelt, um die Kris durchzuführen? Du hättest deine Sache gewonnen.«

»Das hätte mir meine Tochter nicht zurückgegeben.«

»Auf keine Weise wirst du sie zurückerhalten. Jetzt ist Schlimmeres geschehen; denn dein Sohn ist tot, und noch Schlimmeres, denn die Söhne der anderen sind auch tot. Und du allein bist verantwortlich für dieses ganze Gemetzel.«

»Ist das deine Gerechtigkeit?«

»Die meinige und die aller anderen Roms.«

Merko wandte sich an seinen ganzen Stamm: »Meine Kinder, ist das gerecht oder nicht?«

»Ja, ja, das ist gerecht«, schrien dreißig Stimmen.

»Und wenn du auch jetzt nicht an meine Gerechtigkeit glaubst, Fero«, fuhr Merko fort, »dann bringe mir die Ikone herbei. Ich bin bereit, den heiligen Eid zu schwören, dass dies meine gerechte Überzeugung ist.«

»Dessen bedarf es nicht, ich glaube dir. Und was ist meine Strafe? Ich werde sie auf mich nehmen.«

»Das ist nicht mehr meine Sache. Das hängt von den Ilikesti ab.«

Merko wandte sich an Ilika: »Vetter Ilika, du hast deine Sache gewonnen. Du kannst von den Minesti verlangen, was du willst. Ich bin als Zeuge hier.«

»Darüber muss ich mit meinem Stamm beraten«, sagte Ilika.

»Ich bewillige dir eine Stunde Zeit dafür.«

Arniko neigte sich zu seinem Onkel und sprach ihm leise ins Ohr. Dieser nickte zustimmend mit dem Kopf. Das mit halber Stimme geführte Gespräch dauerte nur einige Minuten. Dann wandte sich Arniko, statt Ilika, mit folgenden Worten an Merko: »Kaku, hier ist unsere Entscheidung. Wir fordern absolut nichts von den Minesti.«

»Ich bewundere eure Großherzigkeit«, erwiderte Merko.

»Indessen wünschen wir eine Sicherheit.«

»Welche?«

»Dass in der Zukunft die Minesti keinerlei Streit mehr suchen mit den Ilikesti.«

Jetzt war es an Miya zu antworten: »Ihr habt unser Versprechen«, sagte er. »Ich sehe, dass wir uns getäuscht haben. Seid beruhigt: Wir sind schwer genug gestraft.«

18 Zigeuner-Duell

Die Merkesti und die Ilikesti erhoben sich, um aufzubrechen.

»Einen Augenblick!«, schrie Prasniko.

Der alte Merko wandte sich um: »Was willst du?«, fragte er ihn.

»Kaku, ich ziehe deine Kris nicht in Zweifel. Wir geben unseren Fehler zu. Schon das ist für uns eine Sühne. Wenn meine Worte dir kühn erscheinen mögen, so entschuldige mich, Kaku. Darf ich dich fragen, ob du alle Gesetze der Roms kennst?«

»Alle, mein Sohn, das ist unmöglich. Immerhin kann ich dir bestätigen, dass ich wohl alle wichtigen kenne. Im Übrigen können immer, wenn Stämme versammelt sind, wie das heute der Fall ist, auch neue Gesetze geschaffen werden.«

»Das Gesetz, von dem ich dir sprechen möchte, besteht schon.«

»Und welches wäre das?« fragte Merko gespannt.

»Das folgende: Wenn eine Shei bari sich um eines Jünglings willen tötet, hat dann nicht ihr Vater oder ihr Bruder das Recht, diesen jungen Mann zum Duell herauszufordern?«

»Ja, ich erinnere mich daran, so ist es.«

»So könnte mich also nichts hindern, mit Arniko zu kämpfen?«

»Nichts, vorausgesetzt, dass er deine Herausforderung annimmt.«

Arniko hatte alles gehört. Und bevor er noch gefragt wurde, hatte er schon geantwortet: »Ich nehme die Herausforderung an, welches auch immer die Bedingungen sein mögen.«

Aber in diesem Augenblick trat Pochona heran und sagte zu Merko: »Kaku, Prasniko will sich mit Arniko schlagen, um das Andenken seiner Schwester zu verteidigen. Er beruft sich auf ein altes Gesetz ...«

»Ein sehr altes Gesetz, in der Tat«, unterbrach ihn Merko.

»Aber sagt dieses Gesetz nicht, dass der Vater oder der Bruder kämpfen soll, wenn der Verlobte sich weigert, es zu tun?«

»Ja, da hast du recht.«

»In diesem Fall gebührt mir zuerst die Ehre, gegen Arniko zu kämpfen.«

»Nein, nein«, schrie Prasniko, »ich werde das Andenken meiner Schwester verteidigen.«

»Ich und kein anderer!«, wiederholte Pochona.

Der alte Merko machte der Auseinandersetzung ein Ende: »Da ihr euch nicht einigen könnt«, sprach er zu ihnen, »so fragt euren Gegner, wen er wählt.«

Darauf sprach Arniko mit ruhiger Stimme: »Wenn sie wollen, werde ich gegen alle beide kämpfen, erst gegen den einen und dann gegen den anderen oder gegen beide zusammen.«

»Wir werden nicht zulassen«, sagte Merko, »dass du dich mit beiden auf einmal schlägst. Wähle deinen Gegner, das ist dein Recht.«

»Gut, so sei es Pochona. Ich glaube, er ist stärker als Prasniko.«

»Nimmst du seine Herausforderung an?«, fragte Merko Pochona.

»Gern, denn ich bin es ja, der das Duell wünscht.«

Nun forderte Merko die beiden Gegner auf, sich ihm zu nähern, und beide machten einen Schritt vorwärts.

»Pochona, du hast den Zweikampf gewünscht. So kannst du die Art des Duells wählen.«

»Das Zigeuner-Duell.«

»Das Duell auf Tod und Leben ...«, konstatierte Merko traurig.

»Ja, das Duell auf Tod und Leben.«

Arniko fügte nichts weiter hinzu.

»Überleg es dir gut, Pochona«, nahm wieder Merko das Wort. »Das ist das gefährlichste Duell. Weißt du überhaupt, wie es durchgeführt wird?«

»Allerdings. Die beiden Kämpfer müssen die Peitsche in der rechten Hand halten und das Messer in der linken und bis zum Tode kämpfen.«

Merko begriff, dass Pochona genau Bescheid wusste. Nun wandte er sich zu Arniko und fragte ihn: »Und du?«

»Ja, ich bin einverstanden«, sagte dieser.

Gern hätte Merko dieses Duell vermieden, damit der Tag ohne Blutvergießen ende. Aber er sah ein, dass es vergebliche Mühe wäre, es verhindern zu wollen. So sprach er zu den beiden Kämpfern: »Da ihr euch entschieden habt, so sei es drum. Ihr werdet beide kämpfen. Aber ihr habt mich als Schiedsrichter gewählt und müsst meinen Anweisungen folgen. Holt jetzt eure Peitsche und euer Messer!«

Als beide mit ihren Waffen zurückgekommen waren, nahm Merko seine feierliche Rede wieder auf: »Arniko und Pochona, ihr seid jung und tapfer und vielleicht gleich stark. Nach eurem Willen werdet ihr kämpfen, mit der Peitsche und dem Messer, mit dem Kopf, den Zähnen, den Füßen, den Fäusten – alles ist euch erlaubt, bis zum Tode des Gegners. Wenn indessen der eine sich besiegt erklärt, kann ihm der andere, wenn er will, den Tod ersparen. Habt ihr mich verstanden?«

»Ja«, antworteten die beiden jungen Leute wie aus einem Munde.

Auf Merkos Anordnung zogen sich nun die Stämme, die im Verlauf dieser Szene einen Kreis um die drei Männer gebildet hatten, so weit zurück, dass ein freier Platz von etwa fünfzehn Metern entstand.

Merko bezeichnete jedem der Kämpfer die Stelle, an die er sich begeben sollte – Arniko zu seiner Linken, Pochona zu seiner Rechten.

Dann sagte er zu Pochona: »Hast du noch irgend etwas zu sagen, bevor du den Kampf beginnst, Pochona?«

»Ja, ich lege Wert darauf, bekanntzugeben, dass der Dolch in meiner Hand der gleiche ist, mit dem Parni sich den Tod gegeben hat. Ich wünsche, dass nun Arniko durch diese Waffe sterbe.«

Merko senkte die Augen, dann wandte er sich an Arniko: »Und was hast du zu sagen?«

»Kaku, nimm meinen Dolch. Du wirst ihn mir nach dem Kampf zurückgeben; denn selbst mit seinem mörderischen Dolch wird Pochona nichts gegen mich ausrichten können. Ich brauche diese Waffe nicht.«

»So seid ihr nicht gleich zu gleich, und es ist nicht gerecht«, sagte Merko.

»War es gerecht und gleich zu gleich«, erwiderte lebhaft Arniko, »als mehr als zwanzig über mich herfielen? An jenem Tage bin ich unverletzt aus dem Kampf hervorgegangen. Und so wird es auch heute sein. Ich behalte nur meine Peitsche, um mich zu verteidigen.«

»Tu, was du willst, man hat immer das Recht, der Schwächere zu sein.«

Merko insistierte nicht weiter. So blieb ihm nur übrig, das Zeichen zu geben.

»Fangt an!«, schrie er und hob die Arme.

Auf diesen Befehl kamen die beiden jungen Leute einander näher, und mit einem scharfen Hieb, der wie ein Gewehrschuss klang, ließen sie ihre Peitschen sausen.

Mit ihren wiederholten Zurufen ermutigen die Roms die Kämpfenden. Zweifellos ist jeder um seinen Kämpfer besorgt, aber vor allem erregt sie der Kampf selbst.

Zuerst scheint Pochona seine Peitsche mit größerer Meisterschaft spielen zu lassen. Schon dreimal hat er Arniko getroffen, ohne dass dieser parieren oder zurückschlagen konnte. Übrigens hat Arniko keinen Schmerz gespürt. Er scheint zu lächeln und sogar sich zu amüsieren. Pochona wird nervös durch dieses Lächeln. Er ahnt, dass Arniko ein verstecktes Spiel treibt und mehr Erfahrung hat, als er merken lässt.

Darum wäre es besser, ihn sofort zu bezwingen. Pochona erhebt seine Peitsche, rückt mit außerordentlicher Schnelligkeit zwei Schritte vor, schleudert den Riemen um Arnikos Beine und zieht mit all seiner Kraft. Arniko fällt. Aber bevor Pochona Zeit gehabt hätte, sich auf ihn zu stürzen, um ihn zu erdolchen, steht Arniko wieder auf den Füßen und entreißt Pochona die Peitsche mit solcher Heftigkeit, dass der sie fahren lässt. Nun ist Pochona einer seiner Waffen beraubt. Arniko lächelt wieder. Er betrachtet die Peitsche. Pochona rührt sich nicht. Jetzt nimmt Arniko die Peitsche und wirft sie ihm mit höhnischem Grinsen vor die Füße: »Kannst du fortfahren?«

Statt zu antworten, bückt sich Pochona, um seine Peitsche zurückzunehmen. Aber in der Sekunde, in der er sie zu erreichen scheint, schlägt ihn Arniko auf die Hand, und Pochona ist von neuem gezwungen, zurückzuweichen.

»Nimm sie jetzt«, sagt Arniko. »Ich wollte dir nur zeigen, dass ich mich zu verteidigen weiß, wenn ich will.«

Pochona bückt sich noch einmal so schnell wie möglich, ergreift seine Peitsche und schleudert sie gegen Arnikos Kopf. Arniko ist ausgewichen. Jetzt versucht Pochona, sein erstes Manöver zu wiederholen. Er wirft den Riemen der Peitsche um die Beine seines Gegners. Aber so gewandt er auch ist, Arniko ist gewandter als er und springt darüber hinweg.

Und jetzt hört Arniko auf, sich zu verteidigen. Jetzt wird er Schläge austeilen. Aber in dem Augenblick, in dem er seine Peitsche auswirft, um vielleicht seinen Feind zu erdrosseln, hat Pochona mit seinem Messer den Riemen durchschnitten.

In Arnikos Händen bleibt nichts als ein Stiel … Pochona fühlt seinen Sieg nahe. Er versucht, Arnikos Gesicht zu treffen. So viel ist sicher, Mitleid wird er nicht zeigen!

Jetzt aber ereignet sich etwas, was Pochona nicht vorausgesehen hatte. Mit der Kraft und der Geschmeidigkeit eines jungen Tigers wirft sich Arniko ihm zwischen die Beine. Die beiden Männer, ineinander verknäult, rollen zur Erde. Bei seinem Sturz hat Pochona seine Peitsche und seinen Dolch verloren. So haben jetzt die beiden Kämpfenden wieder Waffengleichheit. Vielmehr, sie haben keine Waffen mehr. Im Ringen Leib an Leib wird allein die Kraft entscheiden.

Der Dolch liegt nahe; Pochona versucht, ihn zu ergreifen. Aber Arniko stößt ihn mit dem Fuß weg, ohne zu versuchen, sich selbst seiner zu bemächtigen. Sein Gegner liegt unter ihm. Er hält ihn fest in die Arme gepresst, und seine Umschlingung wird immer enger. Atemlos röchelt Pochona. Alle seine Bemühungen, sich freizumachen, bleiben nutzlos.

»Hast du nun genug?«, fragt Arniko.

Pochona gibt keine Antwort. Noch verzweifelt er nicht.

Jetzt richtet sich Arniko auf. Mit unglaublicher Kraft hat er Pochona über seinen Kopf gehoben und schleudert ihn mit äußerster Gewalt zu Boden. Pochona stößt einen Schrei aus, wie ein Tier, das man erwürgt, und die Minesti, die mit Schrecken auf ihn starren, stoßen den gleichen Schrei aus.

Noch einmal fragt Arniko: »Hast du jetzt genug?« Pochona antwortet nicht.

Arniko zuckt die Achseln. Er bückt sich, ergreift den Dolch und steckt ihn ruhig in die Tasche. Von neuem beugt er sich über Pochona, der unfähig ist, sich zu erheben, und schreit ihn an: »Du Narr! Du Narr! Siehst du nicht, dass alles zu Ende ist?«

Dann wendet er sich, nicht ohne Ironie, an Prasniko: »Hast du die Absicht, seinen Platz einzunehmen?«

Prasniko schweigt. Wozu könnte es dienen, einen solchen Gegner zu bekämpfen … Der Kampf war beendet.

Vaya, unterstützt von seinen Brüdern, hob den unglücklichen Pochona auf. Ein Bein war zerschmettert.

Die Ilikesti und Merkesti umringten Arniko und beglückwünschten ihn. Tereina, die ihre Gründe hatte, nicht an der

Kraft ihres Sohnes zu zweifeln, verbarg ihren Stolz nicht. Mit achtzehn Jahren konnte Arniko mit jedem siegreich kämpfen. Aber noch ein anderes geheimes Gefühl ließ ihre Augen vor Freude erstrahlen: Dunichas Blut war gerächt, noch mehr, als sie es je gewünscht hatte.

Über ihr Grab hinaus hatte die Zauberin, die immer gegenwärtig war, ihren Mördern Unglück gebracht.

Vierter Teil Orka

19 *Arnikos Heirat*

Tereina lag in ihrem Federbett. Sie allein wusste um ihr nahes Ende. Aber dass sie sterben sollte, beunruhigte sie nicht. Alle ihre Gedanken galten dem Holz der Ursitory. Was würde aus ihm werden, nach ihrem Tode?

Sollte sie Arniko selbst das Geheimnis enthüllen? Vielleicht. Er würde es gut zu bewahren wissen. Indessen würde er, der schon so stark war und so gern seine Kraft gebrauchte, nicht versucht sein, gewisse große Dinge zu unternehmen, die sich leider nur mit Gewalt, Verbrechen und Blut verwirklichen ließen? Das war die Gefahr, wenn er einmal um seine Unverletzbarkeit wüsste.

Im Verlauf ihres Nachdenkens kam Tereina zu dem Schluss, die beste Lösung wäre, Arniko zu verheiraten und der Schwiegertochter das verzauberte Holz und sein Geheimnis anzuvertrauen.

Allein, Arniko wollte nichts von Heirat hören. Er fand kein Mädchen schön genug. Indessen fehlte es Orka, der Tochter von Ilika, weder an Schönheit noch an Reichtum, und nur von Arniko hing es ab, ob diese Ehe zu Stande käme. Ilika selbst wünschte eine solche Verbindung. Lediglich Arniko dachte nicht daran.

Als Arniko aus dem Walde zurückkam, rief ihn Tereina zu sich und sprach: »Arniko, ich möchte mit dir reden.«

»Von was, Dale?«

»Von dir.«

»Von mir?«

»Ja, von dir.«

»Und was willst du sagen, Dale?«

»Mein Sohn, ich möchte, dass du dich verheiratest …«

Arniko musste lächeln: »Schon wieder fängst du davon an. Aber mit wem?«

»Mit wem? Mit Orka, zum Beispiel.«

»Orka! Orka! Dale, du willst, dass ich Orka heirate?«

»Warum nicht? Sie ist hübsch und fleißig und wird eines Tages …«

»Viele Galbi haben …«, unterbrach Arniko. »Aber ich will nicht.«

»Das ist nicht recht, Arniko. Höre ein wenig auf deine Dale. Ich habe ein Geheimnis, das mir das Herz bedrückt.«

»Ein Geheimnis, vor mir! Ich kann es nicht glauben.«

»Sogar ein sehr großes Geheimnis …«

»Sag es schnell, damit ich es weiß!«

»Ich habe es dir nicht früher mitgeteilt, weil ich dir keinen Kummer bereiten wollte.«

»Ist es denn so ernst?«

»Sehr ernst.«

»So sprich, Dale, ich warte darauf.«

»Arniko, ich werde bald sterben.«

»Das ist ja lächerlich. Du bist kaum krank.«

»Ich bin es mehr, als du meinst! Mein Ende ist ganz nahe. Du weißt doch, dass deine Großmutter, Dunicha, eine Zauberin war …«

»Das weiß ich.«

»Sie war es, die mir gesagt hat, dass ich vor meinem vierzigsten Jahr sterben werde.«

»Aber du bist erst achtunddreißig.«

»Ja, aber sie hat auch gesagt, dass ich nicht mein vierzigstes Jahr erleben werde.«

»Das ist ja Wahnsinn, Dale! Wie kannst du an solche Sachen glauben? So etwas gibt es nicht.«

»Das gibt es mehr, als du denkst, Arniko. Ich will dich doch nicht täuschen.«

»Aber Großmutter kann sich getäuscht haben.«

»Sie hat sich niemals getäuscht.«

Tatsächlich wusste Arniko gut, dass nach allgemeiner Meinung seine Mami immer recht gehabt hatte.

»Dale, wenn das wahr ist, was du sagst, so muss es trotzdem ein Mittel geben, dich zu retten.«

»Keins. Das ist mein Schicksal. An meiner Wiege haben die Ursitory es meiner Mutter verkündet. Nichts kann das Schicksal wenden.«

»Wie traurig du mich machst, Dale!«

Arniko trocknete sich die Augen. Zum ersten Mal sah Tereina ihn weinen. Sie verstand seinen Schmerz und sagte sehr zart zu ihm: »Arniko, hör mir jetzt zu. Wer wird bei dir sein, wenn ich tot bin? Wer wird dir dein Essen bereiten und deine Hemden waschen? Wer? Ich werde ja nicht mehr da sein. Ich weiß, du liebst Orka nicht. Aber Arniko, du wirst sie lieben, wenn du sie genauer kennen wirst. Du kannst dir nicht vorstellen, wie froh du mich machen würdest, wenn ich, bevor ich sterben muss, wüsste, dass du verheiratet bist und dass eine Frau mich ersetzt bei dir …«

»Lass uns noch etwas warten, Dale.«

»Warten, mein Sohn, wo ich doch morgen sterben kann …«

Arniko fühlte, dass er schwach wurde.

»Dale, ich werde deinen Willen erfüllen.«

Dieser Rom, den keine Kraft jemals bezwungen hatte, wurde besiegt von der milden Trauer und den Bitten seiner Mutter.

»… Aber ich weiß nicht, ob ich mit Orka glücklich sein werde.«

»Du wirst es sein, Arniko, das verspreche ich dir. Ich ahne, wie es in deinem Herzen aussieht. Du hast eine andere geliebt. Vergiss sie …«

»Dale, es ist schrecklich, in welchem Maße ich dieses Mädchen geliebt habe.«

»Arniko, hattest du nicht vor ihr schon einmal geliebt?«

Arniko sah seine Mutter an. Was meinte sie? Hatte sie etwas gewusst?

»Ja, Arniko, erinnere dich an Helena. Hast du sie nicht auch geliebt?«

»Aber ich war ihrer nicht würdig.«

»Und doch hast du sie geliebt. Und als du Parni sahest, hast du Helena vergessen. Orka wird dich Parni vergessen lassen.«

»Ich will es versuchen. Aber es wird sehr schwer werden.«

»Glaub mir, mein Sohn, die Zeit überwindet alles.«

Bei weiterem Nachdenken kam Arniko zu dem Schluss, dass es wenig zu bedeuten habe, ob es nun Orka wäre oder eine andere. Er würde heiraten, weil er seine Mutter beruhigen musste. So konnte es ebenso gut Ilikas Tochter sein. Bei Ilikas Tod würde er dann leichter der Stammeshäuptling werden. Und der Stamm wäre dann der Stamm der Arnikesti.

»Dale«, nahm Arniko wieder das Wort, »weißt du, ob Ilika bereit ist, mir Orka zur Frau zu geben?«

Tereina lächelte. Von dieser Seite befürchtete sie nichts.

»Du bist wirklich blind! Er und alle Ilikesti erwarten nichts anderes!«

»Gut, dir zuliebe werde ich Orka heiraten.«

20 *Tereinas Geheimnis*

Ilika wurde alt. Nach und nach nahm Arniko seinen Platz an der Spitze des Stammes ein. Er war es, der von allem unterrichtet und über alles befragt wurde. Seine Ratschläge waren immer die richtigen. Er entschied. Allen war es klar, dass Arniko Mut und Weisheit eines großen Häuptlings besaß.

Orka, seine Frau, schenkte ihm nach einjähriger Ehe einen gesunden Knaben, der auf den Namen Chachu getauft wurde. Trotzdem hatte Arniko niemals Liebe für Orka empfunden, wie seine Mutter es ihm doch versprochen hatte. Aber er bemühte sich, es vor ihr zu verbergen, und Tereina brachte Orka volles Vertrauen entgegen. Eines Abends hatte Arniko sich aus dem Lager entfernt. In ihrer Chera bereitete Orka den Tee für ihre Schwiegermutter, die noch auf ihrem Bett lag, und für ihr Kindchen. Tereina, die seit langem darauf wartete, einmal mit ihr allein zu sein, fragte sie: »Orka, weißt du, dass ich bald sterben werde?«

Überrascht riss Orka ihre großen, schwarzen Augen auf und fragte naiv: »Warum?«

»Warum? … weil ich sehr krank bin und mein Ende nahe fühle.«

Wie alle Zigeuner war auch Orka abergläubisch. Sie glaubte an böse Geister. Darum fragte sie Tereina: »Hat dir das jemand gesagt?«

»Ja.«

»Wer?«

»Meine Mutter.«

»Dunicha …«

Orka hatte oft befremdliche Geschichten über Dunicha gehört.

»Wann ist sie dir erschienen?«

»Sie ist mir nicht erschienen, beruhige dich.«

»Aber wie hast du es dann erfahren?«

»Hör gut zu, was ich dir jetzt sagen werde.«

Und zum ersten Mal in ihrem Leben erzählte Tereina von Dunichas letzten Tagen, von Arnikos Geburt, von dem Erscheinen der Ursitory und von dem Holzscheit, an dem das Leben ihres Sohnes hing. Um zu beweisen, dass sie nichts erfunden hatte, holte sie einen mit Sorgfalt genähten Stoffsack hervor. Sie öffnete ihn und schüttete seinen Inhalt auf die Bettdecke. Mehrere hundert Goldstücke und ein halb verkohltes Holzscheit fielen heraus.

»Orka, das ist das Holz der Ursitory«, sagte sie. »Du siehst jetzt, es ist wahr, dass ich bald sterben werde. Gib dir also Mühe, mich genau zu verstehen.«

Orka wurde ganz aufmerksam.

»Arniko weiß nichts von der Existenz dieses Holzscheits und erst recht nichts von seiner außergewöhnlichen Macht. Ich möchte, dass er es auch in Zukunft nicht weiß. Er ist manchmal brutal und allzu stürmisch. In einem Anfall von Wahnsinn wäre er fähig, das Holz zu verbrennen oder, wenn er sich fast unsterblich wüsste, würde er verbotene Dinge tun. Wenn du noch einen Zweifel hast, Orka, so erinnere dich, wie er von mehr als zwanzig Roms vom Stamme der Minesti angegriffen wurde, eine Reihe von ihnen tötete und als Sieger aus dieser schrecklichen Schlacht hervorging, ohne die kleinste Schramme.«

Tereina hielt einen Augenblick inne. Diese Erklärung hatte sie erschöpft. Aber Orka sagte noch nichts. Sie begriff, dass Tereina noch nicht alles gesagt hatte. In der Tat, nach kurzem Schweigen fuhr Tereina fort:

»Dieses Holzscheit bedeutet Arnikos ganzes Leben und

seine ganze Kraft. Arniko kann leiden wie ein Stier, aber solange nicht die Flammen dieses Wunderholz restlos verzehrt haben, wird er nicht sterben. Wenn Arniko recht alt wäre und du, Orka, noch am Leben, so magst du selbst es verbrennen. Wenn du umgekehrt deinen Tod nahen fühlst und Arniko noch Jugend und Kraft besitzt, so übergib das Holzscheit der Ursitory demjenigen, in den du dein ganzes Vertrauen setzst, so wie ich in diesem Augenblick dir vertraue. Gebe Gott, dass es dein Sohn sei, Chachu. Du wirst ihm sagen, dass sein Vater mit achtzig Jahren sterben soll, oder sogar vorher, wenn er unglücklich ist. Hast du verstanden, Orka?«

»Ja, Dale.«

»Ich lasse dich nicht schwören, Orka, denn ich habe wirklich volles Vertrauen zu dir. Ich weiß, dass du dieses Holzscheit so treu bewahren wirst, wie du an Arniko hängst.«

»Auf das Haupt von Chachu schwöre ich, Dale, dass ich das Holz hüten werde, solange es mir möglich sein wird.«

»Ich vertraue auf dein Wort, Orka. Liebe Arniko so sehr, wie ich selbst ihn geliebt habe. Ich weiß, dass er manchmal roh ist. Aber er bedauert es rasch. Vielleicht wird es geschehen, dass er dich schlägt, denn es gibt keinen Rom, der nicht seine Romni schlägt. Deswegen darfst du nicht das Holzscheit verbrennen oder etwa zu irgendjemandem davon sprechen. Ein unglückliches Wort kann weit herumkommen, und Arnikos Feinde sind zahlreich. Wenn sie ein solches Geheimnis erführen, würden sie keine Anstrengung scheuen, das Holz der Ursitory und damit Arnikos Leben in ihre Gewalt zu bekommen.«

»Niemand auf der Welt wird es erfahren«, sagte Orka.

»Niemand, meine Tochter, und nicht einmal Arniko. Ich habe dieses Geheimnis zwanzig Jahre lang bewahrt, und das ist mir nicht immer leicht gefallen. Wahrscheinlich wirst du mir sagen, dass ich seine Mutter bin. Aber was eine Mutter für ihren Sohn tun kann, kann eine echte Frau wohl für ihren Mann tun.«

Tereina hatte geendet. Orka, die fühlte, dass von nun an sie Arnikos Leben in Händen hielt, konnte ihre Tränen nicht zurückhalten. Sie legte den Kopf auf Tereinas Schulter und weinte leise vor sich hin.

»Und jetzt, meine Tochter«, fügte Tereina hinzu, »sind hier noch diese Galbi, die Arniko gehören. Sie gehören gleichermaßen dir. Achte darauf, dass Arniko sie nicht vergeudet. In schwierigen Momenten werdet ihr sie gut gebrauchen können.«

Orka wühlte mit der Hand in den Goldstücken, die aus so vielen verschiedenen Ländern stammten. Unter dem Haufen der Galbi stießen ihre Finger auf etwas Spitzes. Sie hielt inne: »Was ist das? ein Dolch?«, fragte sie.

»Du siehst es gut.«

»Ja, ich sehe es wohl. Aber es ist Blut an diesem Dolch. Und warum bewahrst du ihn in diesem Sack mit Gold?«

»Orka, ich wollte dir nicht davon sprechen. Da du mich nun fragst, halte ich es für nutzlos, dir etwas zu verbergen.«

»Ach ja, sprich, Dale!«

»Nun gut, du hast gewiss den Namen von Parni gehört. Du hast sie sogar gekannt …«

»Ja.«

»Das ist der Dolch, mit dem sie sich getötet hat. Arniko wollte, nachdem er ihn Pochona abgenommen hatte, dass ich ihn auf bewahre. Sei nicht eifersüchtig, Orka. Parni ist tot. Arniko hat sie geliebt. Aber nun hast du ihren Platz in seinem Herzen eingenommen. Sollte Arniko dich je nach dieser Waffe fragen, so zeige sie ihm, aber frage ihn nichts.«

»Das wird bitter sein.«

»Orka, nichts ist bitter für eine Romni, die liebt.«

Am nächsten Morgen starb Tereina. Für Arniko war es ein schrecklicher Kummer.

21 *Helena*

Auf Schloss Tilesco wurde ein großes Fest gefeiert. Helena war mit einem Edelmann verlobt, dem fünfundzwanzigjährigen Grafen Bretesco.

Graf Bretesco empfand eine glühende Leidenschaft für Helena. Sie aber versuchte vergeblich, ihn zu lieben. Unvergesslich stand ihr ein Bild vor Augen, Arniko. Was mochte aus ihm geworden sein? Hatte er sie vergessen?

Da sie niemals etwas von ihm hörte und die Unmöglichkeit einer Verbindung mit dem Zigeuner einsah, hatte Helena schließlich der Werbung des Grafen Bretesco und dem Drängen ihres Vaters nachgegeben.

In dieser Nacht nun sah der Baron alle seine Freunde von nah und fern bei sich, um die Verlobung seiner Tochter zu feiern.

Graf Bretesco strahlte vor Glück, während Helena, die ganz in Weiß gekleidet war, mit einem Lächeln für die Glückwünsche dankte, die man ihr darbrachte.

Im ersten Salon hatte der Baron eine lange Tafel aufstellen lassen, die beladen war mit Früchten, Süßspeisen, Kuchen, Blumen und französischen Weinen. In einem anderen Salon spielten Musikanten Walzer auf ihren Violinen. Tausende von Kerzen erstrahlten.

Graf Bretesco eröffnete den Ball, indem er Helena zum Tanz aufforderte.

»Helena, bist du glücklich?«, fragte er sie.

»Ja«, erwiderte sie kurz.

Und im Walzerschritt schwebten sie, inmitten der anderen Tänzer, durch den großen Salon.

Gegen zehn Uhr saß Baron Tilesco in lebhafter Unterhaltung mit seinen Freunden. Ein Diener trat heran, entschuldigte sich wegen der Unterbrechung und teilte ihm mit, dass jemand ihn zu sprechen wünschte.

»Wer ist es?«, sagte der Baron.

»Sein Name ist Arniko.«

Arniko! – Der Baron war aufs Höchste überrascht. War es möglich, dass »sein« Zigeuner an ihn gedacht hatte? Zweifellos hatte Arniko von Helenas Verlobung erfahren und wollte seine Glückwünsche darbringen.

Er eilte seinem früheren Diener entgegen. Die beiden Männer umarmten sich.

»Du, Arniko! Ich glaubte nicht, dich noch jemals wieder zu sehen!«

»Ich bin nicht weit von hier, mit meinem ganzen Stamm.«

»Mit deinem Stamm? Ich sehe, es ist etwas aus dir geworden! Bist du das Oberhaupt dieses Stammes?«

»Das bin ich seit sechs Monaten.«

»Du musst glücklich sein …«

»Nicht sehr, seit dem Tod meiner Mutter.«

»Tereina ist tot?«

»Ja, seit fast einem Jahr.«

»Was für ein Unglück! Sie war ja noch jung.

Armer Arniko. – Aber ich habe Gäste, denen ich dich vorstellen möchte.«

»Zu wessen Ehren findet dieses Fest auf Tilesco statt, Herr Baron?«

»Was, du weißt es nicht? Wir feiern Helenas Verlobung mit Graf Bretesco.«

Über Arnikos fröhliches Gesicht zog ein Schatten. Der Baron merkte es wohl.

»Diese Nachricht scheint dir kein Vergnügen zu machen?«

»Im Gegenteil! Ich bin froh für Sie und für Mademoiselle Tilesco. Sie konnte keinen besseren Gatten finden.«

Der Baron nahm Arniko beim Arm und stellte ihn seinen Gästen vor. Viele erinnerten sich noch an ihn. Niemand nahm Anstoß an dem Zigeuner, denn man wusste wohl, was ihm der Baron schuldete, und mit seiner Jugend und seiner Kraft und seinem stolzen Haupt machte er trotz seiner Armut Eindruck auf alle. Endlich stand er Helena gegenüber.

Als sie ihn bemerkte, zuckte ihr hübsches Gesicht zusammen. Wie ein Herr ergriff Arniko Helenas Hand und küsste sie. Dann sagte er: »Ich finde nicht die richtigen Worte, um Sie zu beglückwünschen.«

Helena war so bewegt, dass sie nicht antworten konnte. Um ihr in ihrer Verwirrung beizustehen, fuhr Arniko fort: »Ganz zufällig bin ich heute hierher gekommen. Hätte ich von Ihrer Verlobung gewusst, so hätte ich ein Geschenk mitgebracht, das Ihrer würdig wäre.«

Helena öffnete den Mund, um zu sprechen. Aber sie brachte kein Wort heraus. Arniko begriff, dass sie ihm danken wollte.

Jetzt begann wieder das Orchester zu spielen.

»Fräulein Helena, würden Sie Ihrem früheren Diener diesen Tanz gewähren?«

Statt einer Antwort nickte sie nur mit dem Kopf. Nun nahm Arniko sie um die Taille, und niemals hatte ein Edelmann so mit Helena getanzt wie Arniko an diesem Abend.

Während Helena tanzte, legte sich ihre Erregung. Sie hatte den Mut, zu ihm zu sagen: »Ich möchte Sie allein sprechen.«

»Wann?«

»Heute Nacht.«

»Wo?«

»In Ihrem früheren Zimmer.«

Als der Walzer beendet war, geleitete Arniko Helena an ihren Platz. Der Baron trat auf sie zu, zusammen mit Graf Bretesco.

»Arniko, ich stelle dich dem Grafen Bretesco vor, den du noch nicht gesehen hast.«

»Ich hatte schon die Ehre, den Herrn Grafen zu kennen.«

Und Arniko drückte ihm die Hand.

»Haben Sie die Absicht«, fragte Bretesco, »Ihren früheren Platz wieder einzunehmen?«

»Leider nicht. Ich bin inzwischen das Oberhaupt eines großen Stammes geworden und trage Verantwortung gegenüber den Meinen. Ich kann nicht mehr Bedienter sein ...«

»Ich hoffe«, sagte jetzt Helena, »dass Sie wenigstens einige Tage bei uns bleiben.«

»Wenn ich Ihre Güte nicht missbrauche ...«

»Gewiss nicht«, erwiderte der Baron, »dein Zimmer ist noch so, wie du es verlassen hast ...«

Jetzt verstand Arniko, weshalb Helena von seinem Zimmer gesprochen hatte.

Spät in der Nacht verließen die Gäste Schloss Tilesco. Im letzten Augenblick entschied der Baron, dass auch Graf Bretesco im Schloss übernachten sollte. Er wurde in ein Zimmer geleitet.

Im obersten Stock des Schlosses fand Arniko bewegten Herzens all die Gegenstände seiner Kindheit wieder, und viele Erinnerungen an Helena wurden lebendig.

Er entkleidete sich nicht. Er erwartete Helena.

Während er in seine Träume versunken war, öffnete sich ganz leise die Tür, und leichten Schrittes, auf den Zehenspitzen, trat Helena ein in ihrem weißen Kleide. Sie legte den Finger an die Lippen, um Arniko zu bedeuten, er möge schweigen. Sie lauschte: nichts war zu hören. Plötzlich wandte sie sich wütend zu Arniko: »Warum sind Sie gekommen?«

»Hatte ich nicht das Recht?«

»Sie hätten früher kommen müssen!«

»Nichts drängte mich dazu.«

Gedemütigt senkte Helena den Kopf: »Es ist mein Fehler«, seufzte sie, »ich hätte Ihnen sagen müssen, dass ich Sie liebte ...«

»Ich wusste es«, erwiderte Arniko.

Helena sah ihn scharf an: »Sie wussten es und haben mir nichts gesagt?«

»Ich hatte kein Recht dazu. Ich bin nur ein Zigeuner, und ich war Ihr Bedienter.«

»Für mich gab es weder Zigeuner noch Bedienter.«

»Vielleicht. Aber Baron Tilesco hat mir gegenüber, obwohl ich ein Fremder war, wie ein wahrer Vater gehandelt. Denken Sie an den Kummer, den ein solches Ereignis ihm verursacht hätte! Übrigens brauchen Sie sich nicht zu beklagen. Sie heiraten einen reichen und schönen Mann und werden Gräfin.«

»Aber ich liebe Bretesco nicht. Mein Vater drängt mich zu dieser Ehe.«

Bei diesen Worten schloss Arniko die Augen. Hatte nicht auch er Orka nur nach dem Willen seiner Mutter geheiratet? Dann beugte er sich über Helena und sagte mit leiser Stimme, wie ein Mann, der seiner Kraft sicher ist:

»Liebst du mich immer noch?«

»Mehr als je.«

Da riss Arniko sie in seine Arme und bedeckte ihr Gesicht mit Küssen.

»Ich Narr, ich Narr, dass ich das nicht vorher verstanden habe!«, rief er aus.

Helenas Glück mischte sich mit Unruhe. Sie fragte: »Und was werden wir nun tun?«

»In der Tat, es existiert Bretesco …«, murmelte Arniko, wie aus einem Traum erwachend.«

»Es ist schwierig, den Bruch herbeizuführen.«

»Du wirst zuerst mit deinem Vater sprechen müssen.«

»Ich will es versuchen, Arniko. Erwarte mich morgen früh am Baum der Hoffnung.«

Und Helena enteilte so leise, wie sie gekommen war. Als Arniko wieder allein war, setzte er sich auf sein Bett und begann nachzudenken.

Wie würde Orka diese böse Kunde aufnehmen, wenn sie sie

erfahren würde? Er wusste gut genug, dass kein Rom, der dieses Namens würdig ist, seine Romni um einer Fremden willen preisgibt. Und die Zigeunerfrau, die ihr Mann verlassen hat, rächt sich immer.

Und Baron Tilesco? Und Graf Bretesco?

Und Helena selbst? Wusste sie nichts von seiner Ehe? Zweifel durchdrangen Arniko. Würde diese Verbindung möglich sein?

Aber seine wilde Seele verbot ihm, den Kampf aufzugeben. Wie viele Male hatte er sein Leben aufs Spiel gesetzt! Er würde es von neuem einsetzen, und so, wie er überall mit seiner Kraft und seinen Armen gesiegt hatte, würde er jetzt mit seinem Herzen siegen. Sein Herz!

Arniko hatte zu viel Vertrauen zu sich selbst. Noch wusste er nichts von Orkas Waffe.

22 *Orkas Waffe*

Auf der anderen Seite des Waldes hatten die Arnikesti ihr Lager aufgeschlagen.

Ein Monat war jetzt vergangen, seit Arniko sie verlassen hatte.

Als er auf brach, um seinen alten Wohltäter zu besuchen, hatte er Orka versprochen, längstens in einer Woche zurück zu sein.

Er hatte Befehl gegeben, dass niemand aufs Schloss käme. Und keiner der Arnikesti hätte gewagt, seinen Anordnungen zuwiderzuhandeln und seinen Zorn herauszufordern.

Als er zwei Wochen abwesend war, begann Orka unruhig zu werden.

Nach weiteren zwei Wochen entschloss sie sich, selbst aufs Schloss zu gehen.

Sie rüstete sich zum Aufbruch, als Kinder riefen, dass Arniko käme.

Orka stürzte zum Eingang der Chera. Ja, das war er! Hoch zu Ross kam er heran, gefolgt von den Kindern des Stammes. Er stieg vom Pferd und sagte zu seiner Frau nichts weiter als: »Guten Tag.«

»Guten Tag«, erwiderte sie.

Die Romni ist nur die Sklavin ihres Mannes. Wenn Arniko sie nicht küsste, durfte auch Orka ihm keinen Kuss geben.

Orka sagte nichts weiter. Aber es fiel ihr auf, wie traurig Arniko aussah, trauriger, als sie ihn je gesehen hatte.

Als die Arnikesti, die gekommen waren, um ihr Oberhaupt zu begrüßen, die Chera verlassen hatten, fragte Orka ihren Rom: »Was hast du während dieser langen Zeit gemacht?«

Arniko sah sie an und erwiderte kurz: »Nichts.«

Das war auch eine Antwort! Orkas Neugierde und Orkas Liebe konnten sich damit nicht begnügen. So fuhr sie fort: »Du bist für eine Woche fortgegangen und kommst nach einem Monat zurück. Das geschieht nicht für nichts. Wenn du an mich nicht gedacht hast, so konntest du dich vielleicht deines Sohnes erinnern ...«

»Ich habe an euch beide gedacht.«

»Ist das deine ganze Erklärung?«

»Genügt dir das nicht? Muss ich dir Rechenschaft geben von allen meinen Absichten und allen meinen Handlungen?«

»Ich habe ein Recht darauf. Ich bin deine Frau.«

»Du warst es ...«

»Ich war es, Arniko – was soll das heißen?«

»Das soll heißen, dass du es nicht mehr bist.«

Ohne etwas zu begreifen, fragte sich Orka, welcher Schicksalsschlag sie so jäh getroffen habe. Mit demütiger und zitternder Stimme fragte sie: »Was habe ich denn getan, Arniko, um dir derart zu missfallen, dass ich nicht mehr würdig bin, deine Frau zu sein?«

»Orka, es ist besser, ich spreche jetzt als später. Ich liebe eine andere Frau.«

Orka schloss die Augen. Sie fühlte, wie in ihrem Herzen die Überraschung verdrängt wurde durch wilden Zorn und jähe Eifersucht.

»Und wer ist diese andere?«

Diesmal war Arniko verwirrt. Er blickte sie an: »Wirst du versuchen, dich zu rächen?«

»Das Gesetz des Stammes gibt mir das Recht dazu.«

»Sie gehört zu keinem Stamm.«

»So ist es also eine Rumänin ...«

»Ja.«

»Wer, Arniko?«

»Helena, die Tochter von Baron Tilesco.«

Orkas Augen füllten sich mit Tränen. »Hast du denn alles vergessen, selbst deinen Sohn, sogar dein Volk?«

»Ich habe darüber nachgedacht. Chachu lasse ich dir. Was die Galbi betrifft, so werde ich nur die mitnehmen, die meiner Mutter gehörten.«

»Aber Arniko, du Wahnsinniger, hast du denn richtig überlegt? Glaubst du, ich werde dich einfach so ziehen lassen?«

»Was kannst du schon tun?«

»Ich kann allerhand Dinge tun, von denen du nichts weißt.«

»Ich weiß nichts, aber ich bin der Stärkste. Versuche nicht, dich an Helena zu rächen! Das würde dich teuer zu stehen kommen, dich und deine Familie.«

»Ich habe andere Mittel, mich zu rächen. Nicht an deiner Gayzi, sondern an dir.«

»An mir! Mir hat noch kein Dolch Angst gemacht.«

»Die Waffe, über die ich gebiete, ist mächtiger als alle Dolche.«

Arniko lächelte: »Deine Drohungen schrecken mich nicht. Nichts wird mich hindern, noch heute Abend wieder bei der Einzigen zu sein, die ich liebe. Wenn ich dir denn alles sagen muss, Orka, so wisse, dass ich dich nie geliebt habe ... Ich habe dich geheiratet, um meiner Mutter zu Willen zu sein.«

»Ich wusste es, Arniko, und doch habe ich gehandelt, als wüsste ich es nicht, weil ich niemals aufgehört habe, dich zu lieben. Heute aber zöge ich es vor, dich tot zu meinen Füßen zu sehen oder sogar dich selbst getötet zu haben, als dich einer anderen Frau zu lassen.«

»Du bist wahnsinnig! Du kannst Gott danken, dass du nach solchen Worten noch am Leben bist. Vergisst du, dass ich das Oberhaupt des Stammes bin?«

Orka wandte sich ab. Sie ergriff einen Sack, der unter dem Daunenbett versteckt war, und zeigte ihn ihrem Mann: »Kennst du diesen Sack, Arniko?«

»Ja, er birgt mein Vermögen.«

»Dein Vermögen und dein Leben! Sieh her.«

Sie öffnete den Sack und zog das Holzscheit der Ursitory heraus.

»Was ist das?«, fragte Arniko.

»Die gleiche Frage habe ich deiner Mutter gestellt, als sie es mir zeigte. Das ist das Holzscheit der Ursitory, das Holz deines Lebens.«

Und Orka erklärte ihm das Geheimnis des verzauberten Holzscheits.

Ohne sie zu unterbrechen, hörte Arniko zu. Als sie fertig war, sagte er: »Deine Geschichte ist sehr hübsch. Aber ich glaube kein Wort davon. Solche Dinge gibt es nicht, und um dir zu beweisen, dass ich keine Angst habe, werfe ich jetzt selbst dieses Stück Holz ins Feuer. Du wirst sehen, dass ich nachher, wenn es verbrannt ist, genau so gesund und munter bin wie jetzt.«

»Nein, nein, Arniko, was ich dir gesagt habe, ist die volle Wahrheit. Wenn du bei mir bleibst, werde ich es nicht verbrennen. Aber wenn du zu dieser Fremden gehst, werfe ich es ins Feuer.«

»Behalte es, verbrenne es, mach damit, was du willst. Mein Entschluss ist gefasst. Nichts könnte mich hindern, von hier fortzugehen.«

Er nahm Orka den Sack aus den Händen und suchte die Galbi seiner Mutter heraus. Dann warf er ihr den Sack wieder zu. Er war immer noch schwer von Goldstücken.

»Alles das gehört mir. Aber ich gebe es dir. Ich lasse dir auch deinen Sohn. Sooft es mir möglich ist, werde ich wiederkommen, um ihn zu sehen. Und jetzt, Orka … Leb wohl!«

Ohne auf Antwort zu warten, ohne sich noch einmal umzusehen, ohne einen Blick auf den schlafenden Chachu zu werfen, verließ Arniko die Chera, sprang auf sein Pferd und verschwand im Walde.

Tief getroffen blieb Orka zurück. Einen Augenblick hatte sie daran gedacht, zu schreien, ihn zurückzurufen oder sogar zu jammern und zu flehen. Aber kein Ton kam aus ihrem Munde. Die Kehle war ihr wie zugeschnürt. Ihre Augen waren voller Tränen.

Als Zeichen tiefer Trauer nahm sie das Tuch ab, das ihre Haare bedeckte, und trocknete sich die Augen.

Orka litt furchtbar; denn sie liebte Arniko, und jetzt war sie allein mit ihrem Sohn. Während der ganzen Nacht bohrte der Rachegedanke in ihrem Hirn.

Sie musste wählen zwischen Arniko und Helena. Schließlich sah sie ein, dass sie der Fremden nichts anhaben könnte. Wenn sie sie auch nur berührte, so würden die Mitglieder ihrer eigenen Familie niedergemetzelt werden bis zum letzten Mann. Das Gericht ist hart gegen die Zigeuner, die Fremde töten.

Es blieb nur das Holzscheit der Ursitory.

Sie saß neben dem Feuer, dachte lange nach und kämpfte mit sich selbst. Ihr Blick ging zu der Wiege, in der Chachu lag, und sie fragte sich, ob sie das Recht habe, ihm seinen Vater zu nehmen. In anderen Augenblicken hatte sie Mitleid mit Arniko selbst. Dann wollte sie ihn nicht sterben sehen.

In den letzten Stunden der Nacht wurde die Eifersucht immer stärker. Orka gab sich besiegt. Sie ergriff das Holzscheit der Ursitory und warf es in die Flammen.

Es dunkelte schon, als Arniko seine Frau verlassen hatte. Orkas Drohung schien ihm geschickt ersonnen; aber er fürchtete sie nicht. Er fühlte sich ungeheuer erleichtert.

Er berechnete, dass er gegen Morgen zum Schloss gelangen würde, wenn er langsam durch den Wald ritt. Alle Wege und alle Bäume waren ihm vertraut. Durch diesen Wald war er so oft mit Baron Tilesco auf die Jagd gegangen. Als er dicht an einer großen Eiche vorbeikam, sprach er zu sich selbst: »Hier hat man Großmutter Dunicha begraben.«

Und plötzlich glaubte er einen dumpfen Schrei und Schluchzen zu hören, und dieser Schrei und dieses Schluchzen schienen von Dunichas Grab zu kommen.

Als Rom war Arniko abergläubisch, und so glaubte er ernstlich, dass es das Gespenst der Drabarni wäre. Aber er fürchtete weder Menschen noch Gespenster. So trieb er sein Pferd bis an den Fuß des Baumes. Da war niemand. Aber aus der Ferne erklangen die Schreie von neuem.

Die Nacht wurde finster.

Jetzt glaubte Arniko, vor sich, quer über den Weg, ein umgestürztes Fahrzeug zu sehen. Er lenkte sein Pferd in diese Richtung. Das Fahrzeug war verschwunden. Und doch war er sicher, dass es genau dort gewesen war. Die älteste seiner Erinnerungen erwachte in ihm. Arniko war an die Stelle gelangt, wo ihn als ganz kleines Kind, in Tereinas Armen, der Sturm umgeworfen und den Karren zerbrochen hatte.

Wieder kam ihm die Vision. Er schauderte.

Zum ersten Mal in seinem Leben begann er Furcht zu empfinden. Er presste die Flanken seines Pferdes in der Absicht, nicht mehr Halt zu machen, bevor er im Schloss wäre. Und das Tier galoppierte durch die Nacht, als ob es die Gefahr gewittert hätte.

Plötzlich fühlte Arniko einen so heftigen Stich im Herzen, dass er die Zügel fahren ließ und zu Boden stürzte.

Befreit vom Gewicht seines Reiters, setzte das Pferd seinen Lauf beschleunigt fort.

Vergeblich versuchte Arniko, sich zu erheben. Sein Bein schmerzte ihn zu sehr, und das schreckliche Stechen im Herzen hatte nicht aufgehört.

Aber er verlor den Mut nicht. Er schleppte sich bis zu einem Baum und riss einen festen Ast ab, um sich beim Gehen darauf zu stützen. Doch er kam nur wenige Schritte vorwärts. Nun brach er einen zweiten Ast und benutzte sie beide wie Krücken. Ganz langsam kam er vorwärts. Immer mehr quälte ihn sein

Herz. Er begriff, dass er niemals aus diesem Wald herauskommen würde. Um nicht zu fallen, denn die Kräfte verließen ihn, machte er halt und lehnte sich an einen Baum.

Arniko fühlte, dass der Tod ganz nahe war. Da er ein tapferer Mann war, wandte er seine Augen zum Himmel, um zu beten. Aber die Worte erstarrten ihm auf den Lippen. Er hatte erkannt, dass er sich an den Baum der Hoffnung gelehnt hatte.

»Man muss für alles bezahlen«, murmelte er. »Hier wurde ich gerettet. Hier werde ich nun sterben ...«

Arniko stieß einen langen Seufzer aus. Es schien ihm, als verbrenne sein Herz tief in der Brust.

»Allmächtiger Gott ... Mein Herz verbrennt ... Erbarme dich meiner!«

Ohne dass er es wollte, waren diese Worte aus seinem Munde gekommen. Als er sie vernahm, als hätte ein anderer sie gesprochen, durchfuhr ihn die Erkenntnis der Wahrheit. Nein, nein, Orka hatte nicht gelogen! Das Holzscheit, das sie ihm gezeigt hatte, war wirklich das Holz seines Lebens. Um sich zu rächen, war Orka dabei, das Holz zu verbrennen, und sie wusste, dass sie damit auch sein Herz verbrannte.

So sehr er auch litt, hatte Arniko ein letztes Lächeln: »Jetzt verstehe ich, warum ich so stark war!«

Noch einmal zogen die Bilder seines Lebens an ihm vorüber: seine Mutter, die sanfte Tereina, dann Parni, die um seinetwillen gestorben war, und Helena, die er entehrt hatte. Dann erschien ihm ein kleines Kind, Chachu, das er verlassen hatte um einer Fremden willen. Er hörte Gelächter, das in seinen Ohren widerhallte. Er vernahm Stimmen. Es waren die Stimmen der Minesti, die Stimmen seiner Opfer, damals in der Lichtung des Waldes. Die Bilder überstürzten sich. Plötzlich wurden sie dunkel und verworren. Arniko unterschied nichts mehr. Währenddessen wurde es Tag. Er hatte beide Hände auf sein Herz gelegt. Arniko wollte einen Schritt vorwärtsgehen; aber da der Baum ihn nicht mehr stützte, fiel er rücklings zu Boden.

Früh am Morgen trat Ella, Arnikos Cousine, in Orkas Zelt. Als sie sah, dass Orka allein war mit ihrem Kind, fragte sie: »Ist Arniko schon ausgegangen?«

Orka richtete ihre Augen, die vom Rauch des Feuers und von ihren Tränen gerötet waren, auf das junge Mädchen. Sie schien zu zögern. Dann zeigte sie auf die Feuerstätte, auf der soeben die letzte Glut erlosch, und sagte nur: »Arniko ist tot.«

Worterklärungen

Boraya	junge Frau
Bori	Schwiegertochter
Borio	Schwägerin
Chera	Zelt
Chachu	der Wahre
Dale	Mutter
Drabarni	Zauberin, Hexe
Galbi	Goldstücke
Gayzi	die Fremde
Kaku	respektvolle Anrede, aber auch Schwiegervater
Kris	Gerechtigkeit
Mami	Großmutter
Naike	Schwager
Parni	die Weiße
Puria	alte Frauen
Rom	Die Zigeuner bezeichnen sich selbst als Rom und Romni. Rom heißt Mensch; alle Nicht-Zigeuner heißen bei ihnen Gadsche (Bauern, Barbaren).
Romnia	Frauen
Savoro	Kind
Shei bari	unverheiratete junge Frau
Solajas auferlegen	schwören lassen
Ternear	Jüngling
Vero	Vetter, Onkel
Zamutria	Schwiegersohn

Zur Entstehung von »Die Ursitory«

Matéo Maximoff schrieb seinen ersten Roman 1938 als kaum Zwanzigjähriger in einem Gefängnis in der Auvergne in Frankreich. Zwei Familien waren in Streit geraten, und nachdem die Kris zusammengetreten war, war es zu einem blutigen Kampf zwischen den beiden Familien gekommen. Die Überlebenden wurden vor Gericht gestellt. Maximoff war der jüngste der Angeklagten, und der Einzige, der lesen und schreiben konnte. Sein Verteidiger war Jacques Isorni, der als junger Anwalt einige Zeit in der Provinz praktizierte und 1945 als Verteidiger von Marschall Pétain und unbeirrbarer Verfechter von Vichy-Frankreich bekannt wurde. Isorni war von den farbigen Schilderungen des jungen Angeklagten beeindruckt und schlug ihm vor, Aufzeichnungen über das Leben der Roma zu machen, um so Hinweise für sein Plädoyer zu erhalten. Statt der erwarteten Notizen erhielt er einen spontan geschriebenen Roman: »Die Ursitory«.

Wenig später brach der Zweite Weltkrieg aus, und Matéo Maximoff wurde bis 1944 interniert, unter anderem in Gurs. Einige Mitglieder seiner Familie wurden in Konzentrationslager verschleppt, nur ein Teil der großen Familie überlebte.

Als »Die Ursitory« 1946 in Frankreich erschienen, hatte das Schreiben für Maximoff eine neue Bedeutung erhalten. Er sah die Kultur der Roma als aufs Höchste gefährdet, nicht nur durch die Verfolgungs- und Vernichtungspolitik der Nationalsozialisten, sondern in späteren Jahren auch durch die zunehmenden Einschränkungen in der Lebensweise für Nicht-Sesshafte. Maximoff wurde zum ersten Schriftsteller der Roma: Nach »Die Ursitory« entstanden weitere Romane, er dokumentierte darüber hinaus mittels Film und Fotografie die Kultur der Roma, übersetzte die Bibel ins Kalderasch, das Idiom der Kalderasch-Roma, und betrieb Sprachforschungen. Maximoff machte es sich zur Lebensaufgabe, jenseits aller Romantisierung Geschichten und Legenden, Glaubenswelt und Alltagsleben der Roma bewahren und gleichzeitig den Sesshaften die Kultur der Roma, von der es kaum authentische Zeugnisse gibt, zu vermitteln und Verständnis für sie zu wecken.

Mehr über Buch und Autor unter *www.unionsverlag.ch*

Literatur aller Länder im Unionsverlag

Guillermo Arriaga *Der süße Duft des Todes*
In einem kleinen Dorf in Mexiko wird auf einem Acker die nackte Leiche eines jungen Mädchens entdeckt. Tratsch, Klatsch und Lügen schaffen eine Wahrheit, die nicht mehr aus der Welt zu schaffen ist. Ramón, den alle für den Geliebten der Toten halten, wird ihr Opfer.
»Ein Roman wie ein Bolero, voll versteckter Poesie.« *Semanario Siempre*

Assia Djebar *Durst*
Der erste Roman der Friedenspreisträgerin wurde über Nacht zur Sensation und steht am Anfang ihres literarischen Wegs.
»Jedes Buch ist wie eine neue Suche, ein Sich-Vortasten auf einer schwankenden Brücke. Es lebt in einer Spannung zwischen ›sagen müssen‹ und ›nicht sagen können‹.« *Assia Djebar*

Yaşar Kemal *Die Ameiseninsel*
Musa der Nordwind landet mit seinem Ruderboot an der Küste einer paradiesischen menschenleeren Insel. Doch unter der friedlichen Oberfläche lauern Tragödien: Die griechischen Bewohner wurden nach dem Ersten Weltkrieg in einer gigantischen Umsiedlungsaktion von einem Tag auf den andern vertrieben. Musa wird von seinen eigenen Erinnerungen eingeholt.

Jørn Riel *Nicht alle Eisbären halten Winterschlaf*
Wie man seinen ersten Eisbären fängt, in der Ödnis eine Funkstation errichtet, sich auf einem Eisberg durch die Fjorde treiben läßt oder sich eine Frau erträumt, »mit Wangen wie Äpfel und mit den richtigen Rundungen, vorn und hinten«, das erzählt Jørn Riel mit viel Witz und Poesie.

Juri Rytchëu *Die Reise der Anna Odinzowa*
Anna heiratet den jungen Tschuktschen Tanat, damit sie als Ethnographin aus nächster Nähe das Leben der Nomaden erforschen kann. Sie lernt nach den uralten Gesetzen der Tundra zu leben, und wird zur Nachfolgerin des alten Schamanen.
